KB091161

미음의 마음

병원의 밥

미음의 마음

정의석

병원은 두려운 곳입니다. 들어서는 순간 어쩐지 공기부터 다르죠. 입술은 바싹 마르고 심장은 빨리 뛰기 시작합니다. 뭐라고 하는 사람도 없는데 두 손은 배꼽 위에서 겹쳐 맞잡고, 허리는 바르게 세워 자세를 단정히 하게 되고요. 누군가에게 잘못한 일은 없었는지 기억을 더듬어보기도 합니다.

인간은 만물의 영장이지만 생로병사의 엄중한 진실 앞에서는 한없이 무력한 존재가 됩니다. 그 누구도 피할 수 없는 자연의 섭리지요. 눈에 보이지도 않는 바이러스가 인류의 생명을 위협하는 팬데믹에는 그런 사실을 더욱 피부로 느낍니다. 그럼에도 부디 손톱만큼이라도 덜 아프고 단 하루라도 천천히 늙고 싶은 것이 인지상정이고요.

그 이유는 사랑하는 사람과 건강한 시간을 함께하고 싶은 '마음'이 아닐까 생각해봅니다. 이 책에는 병원에서 생겨나는 '마음'에 관한 이야기들이 가득합니다. 어머니를 수술장에 들여보내고 남은 가족이 보호자 식당에서 한술 뜨던 설렁탕, 환자가 기력을 찾는 데 도움이 될까 싶어 면발까지 직접 뽑아 정성껏 만든 냉면, 회복을 위해 억지로 입안에 넣어야 했던 비릿한 미음, 외래 진료와 응급수술로 아무것도 먹지 못한 의사의 책상에서 차게 식어버린 커피와 빵, 금식하는 환자가 안쓰러워 보호자가 몰래 쑤어 먹인 호박죽…. 그들이 먹은 건 모두 음식이 아닌 마음이었을 겁니다.

정말로 그 음식들이 그들의 '건강한' 시간을 늘려주었는지 어쨌는지는 헤아릴 방법이 없습니다. 다만 마음은 힘이 세니까, 또 전염력이 세니까… 병실에서 수술실로, 수술실에서 응급실로, 병원에 있는 모두에게 가닿았을 거라고 조그맣게 믿을 뿐입니다.

병원은 여전히 두려운 곳이지만, 오늘도 우리의 마음을 지켜주기 위해 고군분투하고 있을 의료진을 생각하면 조금 용기가 납니다. 누군가의 가족이자 누군가의 친구이며 무엇보다 그 자체로 소중한 한 생명으로서 그들의 마음도 잘 지켜질 수 있기를, 미력하지만 마음을 보탭니다.

마음에 마음을 포개면 기적이 일어날지도 모르잖아요.

Editor 김지향

차례

프롤로그 병원의 하루가 시작되었다 8

(나의)

병원의 밤은 길고 밥은 없다 14
오늘 밤은 잠을 자고 싶지 않네요 22
불가능 작전 1 28
불가능 작전 2 34
차이니스 레스토랑 신드롬을 아시나요 42
할 수 있는 일을 했지만 50
용기 있는 사람 58
처음이자 마지막 66
어디로든 갈 수 있는 74
기대와 예상은 언제나 다르다 80
취향의 숲 84
달콤한 것들은 모두 녹아내려 92
수술실의 검은 비닐봉지 98
밥이라도 먹을까? 우리 106

(환자의)

이건 정말 맛이 없어요 118

매일매일이 이렇게 힘든 거야 124

미음의 마음 132

가장 맛있게 밥을 먹는 사람 138

몰래의 의미 148

마음이 모이고 모이면 156

개와 늑대의 시간 162

겨울 딸기는 슬프다 168

좋지 않다, 정말 174

봄꽃처럼 환하게 182

퇴원할 때가 되었다는 신호 188

에필로그 돌아오는 길은 항상 가는 길보다
길지 않아 196

프롤로그

병원의 하루가 시작되었다

새벽 4시가 조금 넘은 시간. 사람들은 평소처럼 어둠 속에서 출근을 한다. '아침밥'을 위해서다. 위생복으로 갈아입고 머리카락까지 꼼꼼히 모아 모자 안으로 집어넣는다. 어젯밤 준비해놓은 쌀은 이미 거대한 밥솥 안에 들어가 있다. 모두 자고 있는 새벽, 뿌연 수증기가 피어오르고 국물이 끓어오르고 밥 짓는 냄새가 지하 식당 안에 퍼져 나간다.

밤새 일하던 간호사들, 잠 한숨 자지 못한 전공의들, 자의 반 타의 반 병원에 있던 당직자들이 지친 모습으로 모여든다. 밤새 걱정을 한시름 놓은 환자의 보호자들도 웅성거리며 식당 문을 빼꼼히 열고 들어온다. 마스크를 벗고 적당히 서로 떨어져 앉아 아침밥을 먹는다. 한편에서는 병동으로 올라갈 식사가 식판 위에 올려진 채 '밥차'에 실려 환자 곁으로 출발한다. 같은 듯 전혀 다른 30여 가지 메뉴가 환자의 상태에 따라 제공된다. 캔에 든 환자식부터 특정 성분을 제외한 특수식까지. 어떤 이에게는 벗어나고 싶은 지겨운 병원 밥, 다른 누군가에게는 생의 마지막이 될 수도 있는 아침밥이 차곡차곡 쌓여 주인을 찾아간다.

밥솥에서 퍼져 나와 주방을 가득 메웠던 하얀 수증기가 희미해질 무렵, 사람들은 '병원의 밥'을 먹고 각자의 하루를 위해 흩어진다. 모두가 떠나고 나면, 하루의 첫 임무를 끝낸 조리사들이 모여 식사를 한다. 그들마저 자리를 뜨고 나면 식당 안에는 아무도 남지 않는다.

병원의 하루가 다시 시작되었다. 아침밥이 모두에게 따스함의 발단이 될 수 있기를 바란다.

나의 하루도 시작된다.

(나의)

병원의 밤은 길고 밥은 없다

삼각김밥

심장 수술은 항상 애매한 시간에 시작되고 애매한 시간에 끝난다. 늦잠을 자버린 아침, 밥을 먹지 못하고 출근했다면 그날은 하루 종일 굶을 가능성이 높다. 병원에 도착해 바로 팀원들과 함께 환자 브리핑을 하고 환자까지 만나고 난 후에는, 아침밥을 먹기에 턱없이 모자란 자투리 시간만 남는다. 아주 운이 좋아 탈의실에 빵 몇 조각이나 삶은 달걀이라도 놓여 있다면 입속에 집어넣고 수술을 들어갈 수도 있겠지만, 보통은 삶은 달걀 껍질을 까거나 팥빵의 비닐을 뜯으려는 순간, 전화벨이 울린다.

"빨리 들어오세요. 늦었어요. 수술 준비 다 끝났어요."

수술은 입장과 동시에 시작된다. 1년 내내 하는 일이지만 손을 씻고 환자 기록을 다시 보고 영상을 재차 확인하며 재미없는 농담을 해봐도 매번 긴장이 찾아온다. 호흡을 가다듬은 후 날카로운 수술 메스가 환자의 몸에 닿고 절개가 시작되면 중간에 쉬거나 멈출 수 없다.

오늘 나의 수술이 비록 단순하고 건조하더라도, 타인의 이야깃거리가 되지 않기를 바라며 첫 메스는 나아간다. 생각했던 것처럼 수술이 잘 끝난다면 두 세 시간, 수술이 커져버리면 네다섯 시간, 내가 생각한 계획이 그저 기원에 그쳐버렸다면 소요 시간은 더 연장된다. 수술 중에는 아무것도 먹을 수가 없다. 말라비틀어진 식도로 넘어갈 수 있는 것이라곤 나의 침 정도가 전부다.

심장 수술을 한 환자들은 수술이 끝나면 대부분 중환자실로 간다. 흉부외과 의사들은 중환자실에서 환자를 지켜야 한다. 혈압이 떨어지지는 않는지, 소변은 나오는지, 혹시 피가 나지는 않는지, 의식은 잘 돌아오는지, 고민이 많아진다.

수술 시간이 길어지면 애달픈 보호자들은 드라마에서처럼 수술실 앞에 내내 서 있다. 하지만 드라마처럼 "수술은 잘됐고요. 일단 경과를 기다려보겠습니다."라고 말한 뒤 어디론가 휙 사라질 수는 없다. 현실 속에서 나는 잠시 보호자와 눈인사를 하고 그대로 환자의 침대를 따라 중환자실로 들어간다. 시간이 허락한다면, 수술실에서 찍은 환자분의 망가진 심장 사진과 동영상을 보호자에게 보여드리며 설명을 한다.

환자가 어느 정도 안정되고 내게도 밥을 먹을 틈이 생긴다. 한때는 따듯했을, 차가운 음식이 나를 기다린다. 주의할 점은 용기와 국물이 따로 배달될 수도 있다는 것. 비닐봉지에 담긴 된장찌개나 김치찌개를 흘리지 않고 스티로폼 용기에 옮겨야 한다. 맛도 없는데 식탁까지 더러워져버리면, 아주 잠시지만 서글퍼진다. 조심해서 찌개를 옮긴 후에는 이제 먹으면 된다.

배가 고프고 지치고 힘들고 분명 보람찬 일을 했지만, 역시 맛은 없다. 어릴 적 배웠던, 힘들게 일하고 나서 먹는 밥맛은 최고! 시장이 반찬! 이런 말은 다 거짓말이다. 그런 말에 신경 쓰지 말고, 그저 눈앞의 음식을, 있을 때 먹으면 된다. 비닐과 스티로폼 용기에서 나왔을 환경호르몬에 대한 고민은 잠시 잊어버리고 먹는 일에 집중한다. 다만 스티로폼 용기가 깨져서 입안으로 들어오거나 조개된장국에서 모래가 씹히는 일만은 없기를 기원하는 것이 적절한 태도다.

그 후에야 하루를 정리할 수 있다. 다른 환자들 차트를 확인하고 회진을 돌다 보면 병원에서 저녁밥을 주는 시간이 돌아온다. 늦은 점심을 먹은 나는 갑자기 아주 쿨하게 다이어트 결심을 하면서 식당에 가지 않는다. 그리고 무엇인가 대단한 일을 할 것처럼 당직실에 들어온다. 차트를 보고, 기록을 뒤적이고, 논문을 쓰겠다고 결심하지만… 금세 종일 못 본 인터넷 기사를 읽고, 티브이 채널을 돌리고, 집에 전화하다가 잠시 잠에 빠진다. 환자의 수술 부위에서 피가 나는 꿈, 커다란 무언가에 눌려 꼼짝도 못하는 꿈, 한없이 도망가는 꿈, 수술한 환자의 혈압이 떨어졌다는 다급한 연락을 받는 꿈을 꾸다가 벌떡 깨보면 시간은 새벽이 되어 있다.

졸다가 깨어나면 갑자기 바빠진다. 혹시 전화를 놓쳤을까 화들짝 놀란다. 제일 먼저 부재중 전화를 확인하고, 잠든 동안 응급 연락이 없었음에 감사한다. 중환자실에 연락해 오늘 수술 환자에게 문제는 없었는지를 확인한다. 조금 정신이 나면 다시 컴퓨터를 켜고 차트를 본다. 그래도 안심이 되지 않을 땐 중환자실에 직접 찾아가 환자를 만난다. 환자들은 실눈을 뜨고 인공호흡기를 빼라고 눈짓을 하거나, 가끔은 발로 걷어찬다. 얻어맞은 후에는 “그래도 의식이 멀쩡하고 힘도 있으시니 다행이네요."라고 간호사들에게 말하면 된다.

시간이 지나고, 다시 배가 고프다. 충동적으로 결심한 저녁밥 안 먹는 다이어트는 이미 잊어버렸다. 텅 빈 새벽의 병원은 정말 조용하다. 병원에서 제공한 야식 꾸러미는 왠지 먹기 싫다. 엘리베이터를 타고 지하 편의점으로 내려간다. 삼각김밥이 생각났다. 어떤 맛을 먹을까? 마지막으로 먹은 게 참치마요였나? 혹시 하나도 남아 있지 않으면 어떻게 하지? 고민을 한다. 우유는? 치유의 음료라고 스스로 결론을 내린 바나나맛 우유를 마셔야지. 어릴 적 소풍 갈 때 가져가던, 수류탄처럼 생긴 바나나맛 우유.

편의점 문 앞에는 역시나 "정산을 위해 자리를 비웁니다."라고 쓰인 포스트잇이 붙어 있다. 직원의 연락처는 없다. 편의점 문은 닫혀 있지만 다행히 진열장에 삼각김밥이 남아 있는 것이 보인다.

멍청히 메모를 보고 서 있다가, 편의점 앞 긴 의자에 앉아 기다린다. '당직실에 갔다 다시 올까?' 잠시 고민하지만 새벽 1시가 넘은 시간, 당직실로 가더라도 딱히 할 일은 없다. 한참 편의점 앞에 앉아 있으면 직원은 돌아온다. 사막에서 구원자를 만난 듯 나는 그를 따라 편의점에 들어간다. 컵라면을 하나 먹으려다 내일 아침에 얼굴이 부을 것 같아 포기하고, 감자칩과 새우깡까지 담아 검은 비닐봉지를 흔들며 당직실로 올라온다. 그리고 생각한다.

'아, 나 오늘 한 끼밖에 못 먹었네.'

병원의 밤은 길고, 밥은… 없다. 그래도 삼각김밥과 바나나맛 우유는 맛있다. 가끔 사놓기만 하고 중환자실에서 못 올라올 때면 검은 비닐봉지에 담긴 채 그대로 쓰레기통으로 가기도 하지만.

당직을 서는 날이면 나는 삼각김밥의 세계로 들어간다. 바나나맛 우유를 입에 머금고, 스팸 김치볶음 삼각김밥을 베어 먹으면서 다음 당직 때 먹을 삼각김밥을 마음속으로 정해본다. 매콤 불고기와 소고기 고추장 중 진정한 승자는 누구인가, 참치마요는 영원히 왕좌를 지킬 것인가… 남들에게는 말 못할 사소한 고민을 치열하게 하며, 김밥이라는 세계의 변두리에서 헤맨다. 부족한 삼각김밥의 크기에 아쉬

워하고 검은 보리차를 사 오지 않은 것을 후회하면서 열은 잠을 자다가 중환자실 전화를 받는다.

오늘은 꽤 괜찮은 밤이다.

오늘 밤은 잠을 자고 싶지 않네요

카페인

아침, 병원에 도착해 환자 브리핑을 하는 동안 처음 입으로 들어가는 것은 커피다. 뜨거운지 차가운지, 좋은 원두에서 추출된 것인지는 중요치 않다. 설탕도 크림도 아무것도 섞이지 않은 진한 커피 용액이 입속으로 들어오기만 하면 된다. 커피는 아직 잠에 취해 반쯤 처진 눈을 추켜올려준다.

물론 이것으로 하루의 커피가 끝나는 것은 아니다. 오전 수술을 시작할 때 긴장감을 높이기 위해서, 점심식사 후 커피전문점을 바라보다가, 그리고 이유 없이 또 한잔을 마시고 외래 진료실로 돌아와 보면 먹다 버린 일회용 커피컵 사이에 또다시 무심히 올려져 있는 다른 커피컵들. 오늘도 나는 카페인으로부터 슬기롭지 않았다.

커피는 병원에서 가장 흔하게 보이는 음료다. 보호자들의 손에도, 회진을 끝내고 돌아가는 의사의 손에도, 한 번은 따뜻한 김이 폴폴 올라온 적 있던 커피가 담긴 일회용 컵들이 들려 있다. 그러나 커피와 함께하는 여유로운 시간 같은 건 병원에서는 거의 존재하지 않는다. 커피를 주문하고 기다리는 시간이 커피와 관련된 가장 여유로운 시간일 뿐이다.

커피가 나오는 순간, 함께 서 있던 사람들은 각자의 커피를 집어 들고 자신의 일을 향해 움직인다. 최대한 빠른 걸음으로 걸어가며 요즘은 코로나 때문에 입마저 가리게 된 마스크를 살짝 들춰 커피를 한 모금씩 머금는다.

병원의 커피는 참 불공평하다. 타의로 병원에 살아야만 하는 단기 거주자인 환자에게 커피는 금지 음료다. 환자복을 입는 순간 커피는 위를 자극하고, 심장박동을 빠르게 하며, 두통을 유발하고, 혈압을 높이는 사악한 음료가 된다. “커피 한 잔만 마시면 안 되나요?” 대답의 끝은 항상 변함없이 ‘금지’를 가리킨다.

병원 한구석 화단에서 보호자들은 커피를 앞에 두고 이야기를 나눈다. 하늘을 보다 눈물을 흘리고 답답해하고 한숨을 쉰다. 보호자들은 환자는 들어올 수 없는 금기의 ‘소도’ 같은 커피전문점에서 환자가 모르는 병원 이야기를 한다. 의사의 설명을 들은 이야기, 진료비 청구서 이야기, 퇴원 후 가족들 이야기, 공기에 섞여 날아간 깊은 한숨은 일회용 커피컵이 받아낸다. 병원의 커피에는 모든 걱정이 함께 섞여 있다.

지치고 힘들어 나락에 떨어질 것 같은 밤. 이렇게 환자를 보다가는 내 심장이 멎어버릴 것만 같은 밤. 그런 밤은 예고 없이 찾아온다. 그럴 때 필요한 것은 달달하고 따스하며 나를 포근히 감싸줄 것 같은 위로의 맛이 아니다. 입에 들어오는 순간 쇄골 동맥과 정맥을 타고 정수리와 심장까지 퍼지며 눈을 번뜩이게 할 마법이 필요할 뿐이다. 입안에 털어 넣으면 지친 뇌세포가 깨어나며, 태풍 후의 전신줄처럼 처져 있던 신경전달물질들이 순간적으로 활성화돼 손가락을 꿈틀거리게 하는 기적과도 같은, 끈적거리는 에스프레소의 힘이 절실하다. 하지만 잠을 자기에는 너무 늦었고 깨어 있기에는 너무 이른 새벽, 마법의 에스프레소를 병원에서 찾는 것은 불가능하다.

그 시간 에스프레소 대신 나를 찾아오는 것은 응급실의 전화벨. 환자가 도착하고 갑자기 수술을 시작해야 하는 시간, 동이 트기에는 이르고 버스가 다니기에는 늦은 시간, 나는 잠을 깨기 위해 세수를 한다. 혀를 깨물어본다. 뺨을 때려본다. 다시 거울을 보고 정신을 차려본다.

그래도 만족스럽지 않다면 편의점으로 내려간다. 나를 찾아오지 않는 에스프레소 대신 차가운 에너지 드링크를 입안에 밀어 넣는다. 나에게 필요한 것은 '알칼로이드의 하나. 쓴맛이 있는 무색의 고체로, 커피의 열매나 잎, 카카오와 차 따위의 잎에 들어 있다'는 카페인 성분이 고농도로 포함된, 마시면 괴물로 변해버릴 것 같은 상품명을 가진 음료일 뿐이다. 적어도 오늘 밤은 졸음으로부터 환자를 지켜줄 테니.

그리고 나는 혼자 중얼거린다.
"오늘 밤은 정말 잠을 자고 싶지 않네요."

불가능 작전 1

크로크 무슈

종일 굶을 계획은 아니었다. 애초에 휴대폰 알람 소리를 듣지 못한 것이 시작이었다. 이불을 뒤집어쓴 채 '오늘은 밤새 응급실에서 연락도 없네.'라며 게으름을 피우다 시계를 보니 7시 44분. 얼굴에 물만 묻히고 어제 입었던 옷을 그대로 다시 입고 집을 나섰다.

전속력으로 달렸다. 무엇인가 짧게 번쩍거렸다. 과속 단속 카메라. 병원 주차장을 두 바퀴 돌아 한구석 빈자리에 차를 세웠다. 옆 차와 간격이 좁아 문이 열리지 않았다. 짜증이 밀려왔지만 할 수 없지. 다시 주차를 하고 겨우 운전석 문을 열어 차에서 빠져나왔다. 병원으로 뛰어들어갔다. 다행히 지각은 아니었다.

회진을 돌고 나니, 8시 58분. 병원 커피전문점에서 따뜻한 아메리카노와 크로크 무슈를 계산했다. 내가 병원에서 가장 좋아하는 음식, 식빵에 햄을 올리고 치즈를 녹인 간단한 음식이지만, 아메리카노와 크로크 무슈의 조합은 내게 허용된 '유일한 작은 사치'다. 매우 높은 칼로리는 체중 증가라는 부작용을 일으키기보다 응급수술의 에너지원이 될 것이고, 종일 공급될 커피로부터 나의 위 점막을 지켜줄 것이다. 외래 진료실로 가는 계단에 잠시 서서, 식기 전에 오늘의 빵과 커피를 먹을 수 있는 여유가 허용되기를 기원했다.

역시 기원은 기원일 뿐이다. 연휴가 얼마 지나지 않아서인지 환자들이 잔뜩 기다리고 있었다. 3분 단위로 쪼개진 외래 시간표에 맞춰 환자들이 들어왔다. 쉬지 않고 말하고, 쉬지 않고 환자를 만났다. 따뜻한 아메리카노를 여유롭게 홀짝거리며 부드러운 크로크 무슈를 우아하게 먹는 일은 애초부터 '불가능 작전'이었다.

한 번도 입에 대지 못한 커피가 식어버린 오전 11시. 컴퓨터가 파란 화면으로 변하더니 갑자기 꺼져버렸다. 한편으로는 다행이라고 생각하며 컴퓨터를 다시 부팅했다. 그동안 차가운 아메리카노를 들이켜며, 딱딱하게 굳어 치즈가 엉겨 붙은 빵을 포장지와 분리했다.

그 순간, 전화가 울렸다. 응급실이었다. 응급의학과 전공의가 단 한 번도 쉬지 않고 말했다.

“82세 환자고요. 아침부터 가슴 통증이 있어서 병원에 왔는데 검사해보니…” 여기까지 듣고 막 다시 켜진 컴퓨터로 환자의 CT 검사 결과를 확인했다. 예상대로 심장 부위의 대동맥이 찢어져 있었다. 남은 아메리카노를 끝까지 단숨에 들이켰다. 종이컵 밑바닥에 뭉쳐져 있던 커피가루가 입에 들어와 씹혔다. 웅성거리는 외래 진료실 앞을 지나 응급실로 뛰어내려갔다. 할머니 한 분이 팔 여기저기에 수액을 단 채로 끙끙거리며 응급실 침대 위에 모로 누워 계셨다. 한숨이 먼저 나왔다. 보호자를 찾았다. 할머니보다 훨씬 더 나이 들어 보이는 할아버지가 절뚝거리며 오셨다.

“할머님 오늘 돌아가실 수 있어요. 대동맥도 터질 수 있어요. 응급수술이 필요합니다. 심장과 대동맥에 대해서…”

할아버지는 아무 말도 하지 않았다. 한참을 눈만 껌벅거리다가 아들딸은 모두 직장에 있다고 했다. 다시 할머니의 상태를 설명하고 응급 처방을 하고 외래로 뛰어올라왔다. 대기실은 조용했다. 환자들도 덩달아 긴장한 것처럼 보였다. 정신없이 대기

중이던 외래 환자를 보았다. 응급실 환자의 보호자가 도착했다는 메시지가 왔다. 아직 외래 대기환자는 잔뜩 남아 있었다.

외래 진료가 거의 끝나갈 무렵 "마취가 끝났고 수술 준비도 끝나간다."는 문자 메시지가 울렸다. 박물관에서 보관해도 될 것같이 딱딱하게 굳어버린 크로크 무슈를 진료실 책상 위에 남겨두고 수술실로 향했다. 수술복으로 갈아입고 물 두 컵을 연거푸 마셨다. 응급수술 들어가니 연락 안 될 것이라고 집에 전화를 하며 환자의 CT를 다시 살폈다. 아이들도 아내도 능숙하게 "오늘 집에는 못 들어오는 거지?"라고 물었다. 오후 1시 30분이 조금 넘은 시간이었다.

불가능 작전 2

감잣국

수술실로 들어갔다. 수술실 온도는 22도. 마음까지 서늘했다. 환자가 수술대 위에 누워 있었다. 생각보다 아주 작은 할머니였다. 응급실에서 보았던 할머니의 뒤돌아 모로 누운 작은 등이 생각났다.

수술을 시작했다. 정신없이 '윙' 하고 전기톱으로 가슴뼈를 열었다. 항상 그렇듯이, 수술은 이론적으로는 복잡하지 않다. 수술 전 환자와 보호자에게 설명한 것처럼 심장과 이어지는 대동맥의 망가진 부분을 잘라내고 터진 부분을 막아 피가 나지 않도록 인공혈관으로 새로 연결하기만 하면 되는 일이었다. 물론 심장도 멈춰야 하고, 체온도 낮춰야 한다. 시간의 제약도 있고, 피가 나기도 하고, 마비가 오거나 깨어나지 않거나 아니면 수술장 안에서 사망할 수도 있다. 당연히, 예고 없이 그리고 무섭게. 그러니 의사들이 흉부외과를 안 오려고 하지….

조심스럽게 찢어진 대동맥을 확인하고 심장을 멈추었다. 체온도 더 낮췄다. 더 이상 몸의 혈류 흐름은 없다. 서둘러 망가진 대동맥 부위를 잘랐다. 인공혈관을 길이에 맞추어 연결해주었다. 끝인가, 하고 한시름 놓으면서 체온을 높이고 심장을 뛰게 했다. "거의 끝났습니다. 마취과 교수님!" 잠시 안도하는 순간, 다시 또 피가 났다. 심장을 거쳐 온몸 구석구석으로 가야 할 피가 심장 바로 앞에서 솟아나고 있었다. 하나하나 다시 꿰맸다. 오늘이 끝나지 않을 것 같은 기분이 들었다.

두 시간이 10분처럼 흘렀다. 세상의 피는 다 가져다 써야 할 것만 같이 무섭던 출혈은 다행히 잦아들었다. 이동침대에 환자를 뉘여 수술실을 나왔다. 복도에는 환자가 수술실에 들어갈 때보다 두 배는 더 많은 숫자의 가족들이 모여 있었다. 걱정하는 그 눈빛들과 나의 눈이 마주쳤다. 그분들의 굳은 표정을 마주하며 간단히 경과를 설명했다. 환자의 침대를 팀원들과 함께 밀며 중환자실로 향했다. 보호자들은 나의 말을 도무지 믿을 수 없다는 표정으로 그 뒤를 따라왔다. 중환자실 자동문이 열리자 벽에 걸린 시계가 보였다. 아, 아직 하루가 끝나지 않았구나. 오늘이 아직 10분쯤 남아 있었다.

환자는 평온했다. 거짓말처럼 출혈도 없어졌고 혈압도 안정적이었다. 팀원들에게 집으로 가라고 했지만 아무도 환자 옆을 떠나지 않았다. 그사이 더 많은 보호자들이 중환자실 앞으로 모였다. 수술실에서 찍은 사진들을 보여드렸다. 대동맥이 인공혈관으로 바뀐 사진들을 확인하고 그제야 안심하는 표정들이었다. 내일 아침이면 깨어나실 테니 오늘은 다들 집으로 돌아가시면 될 것 같다는 말씀도 드렸다. 내일 몇시에 깨어나느냐는 질문을 받고서 나는 다시 벽시계를 보았다. 시간은 이미 자정을 넘어섰다. 나는, 내일이 아니고 이제 오늘 아침이면 깨어나실 거라고 고쳐 말했다. 여전히 걱정을 거두지 않은 표정으로 보호자들도 집으로 돌아갔다.

나는 절뚝거리며 당직실로 들어왔다. 발목이 아팠다. 수술을 할 때마다 도지는 고질병이다. 발목에 붕대를 감고 괜찮아지겠지 하며 책상에 앉아 환자의 수술 후 흉부 사진과 검사 결과를 확인했다. 수술을 조금 더 일찍 끝냈으면 좋았을 텐데 하는 자책도 들었다. 침대에 잠깐 누웠다.

치킨을 시켜놨으니 같이 먹자는 연락이 왔다. 곧 내려간다고 말하고 집으로 전화를 했다. 잘 끝난 것 같다고 했다. 아이들은 이미 잠이 들었다며, 아내는 밥을 꼭 챙겨 먹으라고 당부했다. 냉장고에서 캔커피를 하나 꺼내 마시고는 까무룩 잠이 들었다.

새벽 6시가 조금 넘어 중환자실에서 응급콜이 울렸다. 특별한 일은 아니었다. 수술 환자의 혈압이 조금 떨어진다고 했다. 캔 커피를 마시다가 잠들어서인지 눈이 번쩍 떠졌다. 할아버지가 복도를 서성거리다 나를 보고 물었다.

"할머니가 안 좋아요?"

밤새 걱정이 되어 복도에 계셨던 모양이다. 심각한 정도는 아니라고 말씀드리고 중환자실로 들어갔다. 그사이 환자의 혈압은 올라 있었고 환자는 이미 깨어난 상태였다. 환자가 눈을 찡그렸고 손을 움직여 침대 난간을 두드렸다. 아침이면 깨어나실 거라는 약속을 지킨 것 같아 다행이었다. 인공호흡기를 입에서 제거했다. 생각보다 회복이 빠를 것 같았다. 얼른 할아버지와 면회를 시켜드렸다. 두 분은 서로 별말 없이 바라보기만 했다. 환자가 내 팔을 잡고 물을 먹고 싶다고 손짓했다. 수술 직후니까 참으셔야 한다고 설명드리고 당직실로 돌아가려는데, 할아버님이 환자가 종일 굶었는데 물도 못 먹으면 밥은 도대체 언제 먹느냐고 물었다.

"사람이 먹어야 힘을 내지!"

할아버지의 단호한 말에 할머니가 끄덕거렸다. 당직실에 앉아 생각해보니 나도 어제부터 내내 커피 몇 잔 말고는 굶고 있었다.

곧장 병원 식당으로 내려갔다. 식판에 밥을 담았다. 김치 몇 조각과 멸치 몇 마리 그리고 감잣국, 보잘것없는 반찬이었다. 먹지 말까 하다가 할아버지의 목소리가 떠올랐다.

"먹어야 힘을 내지!"

나도 힘을 내야 하루를 제대로 시작할 수 있을 것 같았다. 국에 밥을 말아 한 숟가락 입에 넣었다. 맛이 있었다. 정말 맛이 있었다. 평소에 감잣국을 좋아하지 않는데도 맛이 있었다. 감잣국을 마지막 한 입까지 삼켰다. 몽글거리고 포근하고 부드러웠다.

무엇인가 몸속에 연결되어 있던 신경망을 건드려 한 순간에 따듯하고 느슨하게 만드는 느낌이 들었다. 어제 수술한 할머니도 내일이면 밥을 드시게 되겠지. 가족들도 오늘은 걱정에서 조금 벗어나 씩씩하게 밥을 먹겠지.

제법 힘이 나는 것 같았다. 오늘은 아침 회진을 돌고 어제 늦게까지 고생한 우리 팀과 병원 밖으로 나가 잠시 여유를 부리며 커피 한잔 함께 마시는 것이 '불가능 작전'은 아닐 것 같다는 생각이 들었다.

차이니스 레스토랑 신드롬을 아시나요

짜장면

처음 짜장면을 먹어본 것은 을지로에 있던 아버지의 직장 근처 중화요릿집에서였다. 주인이 화교인 꽤 유명한 음식점이었다. 어느 봄날 토요일 오후, 아버지와 나는 마주 앉아서 짜장면을 먹었다. 서툰 솜씨로 면발을 뒤적이는 나를 대신해 아버지가 짜장면을 비벼주셨다. 햇빛이 잘 드는 창가 아래였다. 나는 갈색의 끈적거리는 면을 젓가락에 감아 입에 넣었다. 맛이 없었다. 면발이 입안에서 헤엄치듯 목구멍을 향해 들어가는 식감도 싫었고 국수가 달달한 것도 낯설었다. 그날 나는 집에 와서 종일 잠을 잤다. 몸에 기운이 빠지면서 구름 속을 걷는 것 같았다. 먹지 못할 음식이라고 생각했다.

물론 그 뒤로 나는 짜장면을 계속 먹었다. 친구의 생일파티에 초대되거나 어른들과 중국음식점에 가면 나의 의견과 상관없이 내 몫으로 꼭 짜장면이 나왔다. 짜장면을 먹은 날이면 나는 쓰러져 깊은 잠을 잤다.

대학생이 되면서 나는 짜장면을 더 싫어하게 되었다. 하숙집 주인 때문이었다. 내가 살던 하숙집은 밤이 되면 냉장고를 자물쇠로 잠그는 것, 그 집 아이들이 아무 때나 내 방에 들어와 티브이를 보는 것, 화장실 변기 레버를 누르면 3분의 1의 확률로 물이 내려가지 않는 것, 봄가을이면 하수구에서 올라온 냄새가 집을 뒤덮고 옷에 배는 것 이외에는 완벽한 하숙집이었다.

어느 해 엄청 더운 여름을 지나면서 새로운 단점이 추가되었다. 하숙집 아주머니의 시아버지가 돌아가시고 그 흔하다는 재산 분쟁이 시작됐기 때문이었다. 정기적으로 하숙집 안방에 친척들이 모여들었다. 그들은 밤새 소리를 질러댔다. 해가 뜨면 하숙집 아주머니는 눈이 퉁퉁 부은 채 상상 못할 메뉴로 아침밥을 대충 차려놓았다.

그날 밤에도 하숙집 안방에서는 고성이 오갔고, 다음 날 아침 식탁에는 아주머니의 눈보다 더 불어터진 면에 건더기 하나 없는 짜장이 부어져 나왔다.

“면을 불에 올려놓고 잠들었어. 불었어도 맛있어. 정성껏 만든 거야. 남기지 말고 다 먹어.”

밤새 마신 술기운에 숙취로 흔들리는 손을 떨면서 나는, 아침부터 내 손가락보다 굵고 잘라지지도 않을 만큼 딱딱한 짜장면을 하숙집 아주머니의 감시

속에서 끝까지 먹어야 했다. 차지하지 못한 유산을 보상받으려는 듯, 아주머니는 짜장 소스 한 방울까지 다 먹으라고 끊임없이 잔소리를 해댔다. 짜장면을 먹고 수업에 들어가서 나는 첫 수업부터 잠들어 버렸다. 술 먹은 다음 날 아침식사로 불어터진 짜장면은 별로이며, 아침밥으로 짜장면을 주는 하숙집도 별로라는 교훈을 얻었다. 얼마 후 나는 하숙집을 나와 자취를 시작했다.

먹으면 졸리다 해서 짜장면을 먹지 않고 살 수는 없었다. 짜장면은 이미 사회적 음식이었다. 원하지 않을 때도 친구들 손에 끌려 먹어야 하는 일이 생겼다. "짜장면을 먹으면 어지러워져."라고 이야기하면 친구들은 사실인지 궁금하다며 짜장면을 시켰다. 그때마다 나는 식곤증과는 분명히 다른, 마치 술에 취한 채 구름 위를 걷고 있는 것 같은 상태가 되어, 모든 것을 포기한 채 강의실 책상에 엎드릴 수밖에 없었다.

본과 3학년 내과 수업 시간. 그날도 나는 짜장면으로 점심을 먹고 강의실에 앉아 졸고 있었다. 그러다 잠결에 들리는 교수님의 말에 나는 번쩍 정신이 들었다.

"차이니스 레스토랑 신드롬."

중국음식처럼 조미료가 많은 음식을 먹으면 어지럽고 무력감을 호소하는 증상이 특징인 증후군. "물론 논란이 있지만 이런 병이 있다고도 합니다…." 시험에는 절대 안 나올 것이라며 농담처럼 단 한 줄의 설명만 하셨는데, 그 말은 나의 뇌리에 박혔다. 드디어 짜장면과 나의 불화의 원인을 확인할 수 있을 것 같았다. 그날부터 나는 중국음식점에 가면 당당하게 말했다. 차이니스 레스토랑 신드롬 때문에 짜장면을 먹을 수 없다고.

시간이 흘러, 나는 심장 수술을 하는 의사가 되기로 했다. 매일매일 당직을 서고 수술에 들어가야 했다. 아침은 당연히 먹지 못하고, 점심은 운이 아주 좋은 날 먹을 수 있었고, 저녁은 대부분 늦은 시간에 먹게 되었다. 누군가 "무슨 음식을 좋아해?"라고 물으면 “눈앞의 음식.”이라는 대답을 했다. 물론 저녁 식사조차도 눈앞에 음식이 없으면 못 먹거나 삼각김밥에 라면으로 때우기 일쑤였다.

그때 당직실 한구석에 놓인 짜장면이 보였다. 노란 면이 딱딱하게 굳은 채로 젓가락을 부러트릴 듯 화석화가 진행된, 아마도 누군가가 시켜놓고 응급수술을 들어가 주인을 잃었을, 스티로폼 접시에 담겨 랩으로 포장된 짜장면이었다. 생각 없이 먹기 시작했다. 굳이 비비지 않고(사실 비벼지지도 않았다.) 굳어버린 면 위에 소스를 부은 후 베어 먹었다. 열기라고는 하나도 없이 곱게 기름이 껴 있는 짜장면이… 맛있었다. 매일 지겹도록 먹는 컵라면, 삼각김밥, 바나나맛 우유보다 훨씬 맛있었다. 그리고 심지어 뜻밖의 장점도 확인했다. 누군가가 시켜놓고 먹지 못해 퉁퉁 분 채로 방치된 짜장면이 당직실이나 의국에 항상 하나쯤은 존재한다는 것.

불치병으로 여겼던 차이니스 레스토랑 신드롬은 뜻밖에 쉽게 치료되었다. 응급수술과 끝없는 일 덕분이었다. 짜장면을 먹었다고 해서 무력감이나 졸음 등을 느낄 시간조차 없었다. 차가운 짜장면을

3~4분 안에 먹고 입을 휴지로 쓱 닦은 채 수술실에 들어가 밤새 응급수술을 몇 번 하고 나니까 차이니스 레스토랑 신드롬의 모든 증상은 사라져버렸다. 전공의 연차가 올라가고 여유가 생긴 후 따듯한 짜장면을 먹어도 과거의 증상은 발현되지 않았다. 그리고 어느새 나는 짜장면을 몹시 좋아하는 인간으로 변모하게 되었다.

지금도 나는 종종 병원에서 짜장면을 시켜 먹는다. "응급수술이 잡혀서 다 불어버리면 어쩌려고요?" 누군가는 물어본다. 그래도 나는 꿋꿋하게 짜장면을 시킨다. 수술이 일찍 끝나면 따뜻하고 부드러운 짜장면을 맛있게 먹을 수 있고, 늦어지면 딱딱하게 굳어버린 짜장면을 맛있게 먹을 수 있기 때문이다.

전공의 1년 차. 무엇을 해도 서툴고 무엇을 해도 즐거웠던 그 시절, 나의 대표적인 병원의 밥. 꿈의 일부.•

• ‘재주소년’의 3집 앨범 제목.

•• 실제로 차이니스 레스토랑 신드롬의 실체에 대한 논란은 있다. 나는 지금도 가끔은 짜장면을 먹으면 몹시 졸리긴 하다. 그때마다 내가 요즘 덜 힘들다는 뜻이라고 생각한다. 졸릴 여유가 있는 것이니.

할 수 있는 일을 했지만

밀크커피

의사가 된 지 4개월 정도 지난 어느 아침이었다. 당시 나는 외과 인턴 근무 중이었다. 아침 당직실은 평온했다. 수술도 없었고 아침 회진도 끝난 상태였다. 딱히 공부할 것이 있는 것도 아니었고 잠도 푹 자둔 상태였다. 당직실의 다른 인턴들은 각자 자기 일을 하러 간 터라 나는 아주 평안하게 여유를 즐기고 있었다. 그냥 멍하니 내게 배정된 침대에 앉아 쏟아지는 햇빛과 부유하는 먼지를 바라보면서.

호출벨이 울린 건 여유를 한참 즐긴 다음이었다. 반복적으로 벨이 울리자 나는 느릿느릿 전화기 쪽으로 걸어가 나를 호출한 사람을 찾았다. "외과 인턴 선생님! 응급실 빨리요." 응급실 간호사가 아무런 설명 없이 이 말만 하고 전화를 끊었다. 전화기를 내려놓고 계단을 뛰어내려갔다. 머릿속이 복잡했다. 심폐소생술이나 급하게 환자 이송이 필요한 상황인가? 일단은 뛰었다.

응급실에 도착했을 때 환자 옆에는 수십 명이 모여 있었다. 더 생각할 것이 없었다. 무엇인가 해야 하는 상황이었다. 혈관을 찾아 수액세트를 꽂고 수

혈을 시작했다. 다행히 아직 환자의 심장은 희미하게 박동하고 있었다. 순식간에 열 팩도 넘는 혈액이 환자의 몸안에 주입되었다.

환자는 열여섯 살 중학생이었다. 옥상에서 뛰어내렸다고 했다. 의식이 있는 상태로 병원에 도착했다. 배 속에서 많은 출혈이 확인되었고 손과 발은 골절된 상태였다. 혈압은 이미 바닥을 향해가고 있었다. 주변에는 피가 흥건했고 그 아이가 입고 있던 옷들이 아무렇지도 않게 흩어져 있었다. 수군거림 속에서 포기라는 말이 나오려고 할 때 혈압이 조금 올라가기 시작했다. 환자는 의식을 찾았고 눈물을 흘렸다. 누군가 "수술실로 올려!"라는 말을 반복적으로 외쳤다. 나와 전공의 선생님들은 함께 환자를 옮겼다.

수술이 시작되었다. 모든 외과의 교수님들이 수술실로 들어왔다. 동원 가능한 최대 분량의 피가 수술실로 실려 들어왔다. 정말 모두들 이 아이가 살아났으면 하는 생각뿐이었다. 나도 내가 할 수 있는 일을 찾았다. 나는 여분의 혈액을 찾아 수술실과 혈액원을 열심히 뛰어다녔다. 혈액을 빨리 구해다 그 아이에게 주는 것이 도움이 되는 일이라고 믿었다. 하지만 출혈의 속도는 나의 발걸음보다 빨랐다. 교수님들이 찾아낸 출혈 지점은 한두 군데가 아니었다. 서너 시간이 지나고 수술실 안은 점점 붉은 적막이 지배하기 시작했다. 집도하시던 노교수님이 이젠 힘들 것 같다는 말씀을 하셨다.

"그래도 너무 어린데 한 번 더 해보겠습니다."

다른 교수님이 들어오셨고 나는 혈액원을 향해 다시 뛰었다. 그렇게 두세 시간. 그리고 다시 다른 교수님이 들어오고 한두 시간. 이제는 아무도 말하는 사람이 없었다. 혈액원에서는 이제 더 이상 피를 구하기 힘들 것 같다는 소식이 들렸다. 포기해야 하나. 고민을 시작할 때쯤, 심정지가 왔다. 교수님들은 내게 심폐소생술을 지시했다. 10분, 20분이 지나도 전혀 반응이 없었다. 아이는 몸안에 혈액이 한 방울도 남지 않은 사람 같았다. 30분, 60분… 교수님은 보호자를 만나야 할 것 같다며 수술실 밖으로 나갔다. 시간이 더디고 무겁게 흘렀다. 온몸이 비 맞은 듯 땀과 피로 젖어버렸다. 수술실 밖 멀리서 보호자들의 절규 소리가 들렸다. 교수님은 심폐소생술을 중지하라고 지시했다. 나는 그 아이의 몸에서 손을 뗐다. 아이의 심장은 조금도 움직이지 않았다. 상황은 종료되었다.

심장이 멎어버렸어도 상처를 봉합해야 했다. 전공의 선생님들과 자리에 남아 복부를 봉합하기 시작했다. 무섭게 흘러나오던 피도 더 이상 흐를 것이 없어 이미 멈춰버린 상태였다. 내가 할 수 있는 한 상처를 작게 줄일 수 있게 피부를 봉합했다.

아이를 중환자실로 이송했다. 어떤 기적도 없었다. 심장이 멈춘 채로 아이는 이송되었다. 수술실 바닥에는 피가 흥건하게 고여 있었다. 한때 아이의 몸에 있던 피였다. 중환자실로 가는 복도에는 환자의 부모님과 가족 그리고 친구들이 모여 있었다. 이송용 침대가 수술실을 나오는 순간 그들은 환자의 이름을 부르다 쓰러졌다. 우리 모두가 한없이 작아지는 느낌이었다.

전공의 선생님이 공식적인 사망 선언을 했다. 중환자실 맨 뒤에 서서 나는 아이에게 사망이 선고되는 것을 바라보았다. 어머니가 절규하는 것을 바라보고, 학교에서 달려온 친구들이 바닥에 쓰러져

우는 것을 바라보았다. 창백해질 대로 창백해진 아이의 얼굴과 엄마의 얼굴을 번갈아 바라보았다. 기껏 할 수 있는 것은 바닥에 쓰러진 아이 어머니에게 휠체어를 가져다 앉을 수 있게 하는 일 정도. 무능의 시간이었다.

저녁 7시가 다 된 시간. 당직실로 올라갔다. 다른 인턴 선생들은 이미 집에 가거나 야간 업무를 하러 내려가 있었다. 몇몇 남은 인턴들이 오늘 소식을 들었다며 말을 걸어왔다. 나는 침대에 멍하니 앉아 있다가 옥상으로 갔다. 아이의 얼굴이 계속 생각났다. 생각의 회로가 아이의 얼굴에서 끊긴 듯한, 뇌가 진공상태에 빠져버린 듯한 느낌이 들었다. 여름이 가까이 와서 그런지 해가 어스름히 남아 있었다. 옥상 난간에 앉아 병원 아래 풍경을 바라보다가 자판기로 가서 동전을 집어넣었다. 그리고 버튼을 눌렀다. 분명히 블랙커피 버튼이라고 생각했는데 밀크커피가 나왔다. 다시 뽑으려고 주머니를 뒤져도 동전이 없었다. 도로 난간에 앉아서 해가 지는 쪽을 바라보았다.

"고작 열여섯 살인데…."

처음에는 눈물이 한두 방울 나왔고 그러다 쏟아지기 시작했다. 죄책감이었을까? 하지만 죄책감을 가지기에 나는 아무것도 할 수 없는 무능한 의사였다. 아무도 없는 옥상에서 큰 소리로 울었다. 이유는 명확히 알 수 없었다. 아이가 불쌍하다는 느낌? 미안하다는 느낌? 잘못 뽑은 밀크커피를 마셨다. 눈물과 콧물이 섞인 내 입속으로 달고 쓰고 끈적거리는 액체가 흘러 들어왔다. 나도 모르게 다시 컵 안으로 밀크커피를 뱉고 침을 뱉고 또 뱉었다. 이유 없이 화가 났다. 밀크커피가 끈적거리는 것도, 달짝지근한 혓바닥이 갈색으로 변할 것 같은 그 느낌도 싫었다. 자판기를 잘못 누른 것이 화가 났고, 동전 서너 개가 없어 싫어하는 밀크커피를 입에 넣은 것도 후회가 됐다. 침을 뱉고 또 뱉었다. 밀크커피를 종이컵째 쓰레기통에 던져버렸다.

해가 질 때까지, 멍하니 옥상에 있었다. 내가 정말 무능하다는 생각을 계속 했다. 마냥 옥상에 머무르고 싶었지만 외과 인턴을 찾는 황급한 벨소리 때문에 내려올 수밖에 없었다. 병동에 들렀다가 간단한 일을 끝내고 당직실로 돌아와 바로 양치질을 했다. 밀크커피의 끈적거리는 느낌에서 빨리 벗어나고 싶었다. 아무리 양치질을 해도 그날 밤이 지나고 그다음 날이 되어도 입안의 끈적거림이 사라지지 않았다.

나는 지금도 밀크커피를 마시지 않는다.

용기 있는 사람

새우깡

K는 중학생이었다. 처음 보았을 때, 아이는 벌써 서너 번 심장 수술을 받은 상태였다. 처음 본 날부터 아이는 나를 형이라고 불렀다. 그는 또 목숨을 걸고 수술을 받아야 하는 처지였다. 수술이 끝나자 아이는 중환자실로 이송됐고 며칠을 중환자실에 있었다. 어렵게 회복을 했다.

일요일 밤. 중환자실 당직실 문을 노크하는 소리가 났다. 일어나 나가보니 그 아이였다. 원래 토요일에 일반 병동으로 올라갈 예정이었는데 빈 병실이 없어 주말을 중환자실에서 보내던 중이었다.

"형, 저 내일은 올라가요?"

아이는 중환자실이 답답했던 모양이었다. 내일은 올라갈 병실이 있을 테니 걱정 말고 자리로 돌아가서 잠을 자라고 말해주었다. 중환자실은 이렇게 돌아다니는 곳이 아니라는 말도 덧붙였다.

"심심해요. 놀아줘요."

아이의 그다음 말이었다. 아이는 당직실 안으로 슬며시 들어왔다. 나가라고 했지만 전혀 아랑곳하지 않았다.

"의사들 당직실이 이렇게 생겼구나."

아이는 침대에 걸터앉아 여기 있어도 되냐고 물었다. 처음에는 안 된다고 대답했지만 아이는 나갈 생각이 없어 보였다. 심장으로 들어가는 주사약도 없고 내가 옆에 있으니 큰 문제는 없을 것 같아 조금 있어보라고 했다.

그는 침대에 누워서 내가 일하는 것을 지켜보았다. 안 놀아준다고 몇 번을 투덜거리다, 당직실 책상 구석에서 만화책을 찾아 읽기 시작했다. 『슬램 덩크』였는지 『오늘부터 우리는』이었는지 정확히 기억은 나지 않지만 금세 "형, 이거 다음 권 없어요?"를 외쳤다.

만화책이 시들해졌는지 아이는 다시 말을 걸어왔다.

"형은 수술하는 거 안 무서워요?"

아이는 수술을 받는 것보다 수술을 하는 게 더 무서울 것 같다고 했다.

"수술 잘 하는 것은 노력하면 되지만 수술 잘 받는 것은 노력으로 안 되잖아. 의사보다 환자가 훨씬 더 용기 있는 사람이야."

아이는 어릴 적 수술받았던 상황을 모두 기억하고 있었다. 두 번째 수술을 위해 서울로 올라오는 버스에서 아이는 그 수술이 자기가 받는 마지막 수술이라고 믿었다. 그 수술만 하면 영원히 다시는 수술을 안 받아도 되는 줄 알았다. 그러다 또 수술을 받고, 또 수술을 받게 되었을 때, 엄마가 수술에 대한 설명을 듣다가 한숨을 쉬고 엉엉 우는 것을 보고, 어른이 될 때까지 마지막 수술이란 오지 않는다는 것을 알게 되었다.

"형, 나 스무 살까지 버티면 안 죽겠죠?"

성인이 될 때까지 수술을 몇 차례 하고 나면 심장이 더 이상 커지지 않으니 수술을 하지 않아도 된다는 말을 들었다며 아이가 물었다. 어쩌면 맞는 말이었다.

아이는 당직실 한구석에서 내가 사놓았던 새우깡을 찾아냈다. 심장 때문에 짠 것을 먹으면 안 된다고 하니, 아이는 치사하다며 투덜거렸다.

"아휴. 솔직히 말해서, 형이 다 먹으려고 하는 거잖아요."

나는 웃으며 어른이 되고 심장이 좋아지면 그때 마음대로 먹어도 된다고 설명했다. 아이도 알고 있었다. 이제 수술을 막 마친 자신이 짠 음식을 먹으면 안 된다는 사실을. 새우깡 봉지를 뜯어 펼쳐놓고, 아이는 성적 이야기, 좋아하는 여자아이 이야기를 하다가 새우깡 하나를 집어 들었다. 소금가루를 탈탈 털어 입에 넣었다. 삼키지 않고 말랑말랑해질 때까지 입에 물고 있으면서도 아이는 정말 맛있다고 좋아했다.

중환자실에서 호출을 받고 나는 당직실에서 나가 환자를 보다가 자리로 돌아왔다. 아이는 내 침대에 누워 있었다. 아이는 내가 없는 동안에도 새우깡을 먹지 않고 있었다. 남은 새우깡은 내 입으로 들어갔다. 내가 다시 환자 기록을 작성하는 동안 아이는 낄낄거리며 만화책을 보는가 싶더니 물었다.

"형, 우리 엄마 때문에 나 죽으면 안 되겠죠?"

쓸데없는 소리 하지 말라며 환자 차트를 정리하는데, 갑자기 주변이 조용해져 뒤돌아보니 아이는 침대에서 잠들어 있었다. 깨워서 중환자실 침대로 보낼까 하다 간호사들에게 아이가 여기서 잠들었다고 알리고 아침까지 아이를 재웠다. 덕분에 나는 책상에서 쪽잠을 잤다. 다음 날 아이는 일반 병동으로 올라갔고, 이번에도 무사히 퇴원했다.

또 1년이 지났다. 그사이에 아이는 몇 번 더 입원을 했고, 수술을 했다. 물론 그 이후에도 나는 중환자실 의사로 몇 번 아이를 돌봤다. 다른 파트에서 근무할 때도 아이가 입원하면 나는 그를 만나러 갔다. 아이는 나를 새우깡 혼자 먹는 동네 바보 형쯤으로 여기는 것 같았다. 나도 그런 아이와의 관계가 싫지 않았다.

그날은 성인 심장 파트 중환자실 근무를 하고 있었다. 아이가 며칠 전 입원해 수술을 받았는데 경과가 썩 좋지 않다는 것은 들어서 알고 있었다. 중환자실 환자를 살피는 업무가 정리되면, 소아 중환자실로 가봐야지 계획하고 있었다. 그런데 소아 중환자실을 돌고 있던 동료에게 전화가 왔다. 이상한 느낌이 들었다.

"형. K가 죽었어요. 지금."

내가 뭐라고 대답을 했는지 전혀 기억나지 않는다. 가운도 입지 않고 슬리퍼만 신은 채 소아 중환자실을 향해 뛰었다. 뛰는 내내 폐 안쪽으로 산소가 하나도 들어오지 않는 것 같았다. 소아 중환자실 앞에서 아이의 가족과 친척들이 주저앉아 울고 있었다. 아이의 엄마를 찾았다. 자리에서 일어나지도 못하던 아이의 엄마는 나를 발견하고 내 손을 잡았다.

"선생님, 우리 아들 어떡해, 우리 아들 어떡해… 몇 년만 더 살면 스무 살인데… 어른인데…." 아이 엄마의 손을 잡고 소아 중환자실로 들어갔다. 살구색 커튼이 아이 주변에 둘러쳐져 있었다. 커튼을 걷어보았다. 아이는 아무 표정 없이 굳어가고 있었다. 아이는 이미 떠난 후였다.

나는 아이의 발을 만졌다. 내 손바닥 한 뼘보다 훨씬 큰 아이의 맨발.

처음이자 마지막

육개장

환자를 알게 된 시점과 가까워지게 된 시점은 차이가 있다. 그 환자는 내 전임의 시절, 다른 교수님께 수술을 받은 환자였다. 심장 수술은 누구에게나 힘이 드는 과정이다. 대부분 심장을 멈춘 채 긴 시간 수술을 하고 중환자실로 이송되어 1~2주간은 꽤 어려운 시기를 보낸다. 참기 힘든 통증은 당연한 것처럼 따라다닌다.

환자는 언제나 참는 사람이었다. 수술 후 밤새 한참 못 자고 끙끙거리는 소리가 들려 병동에 가보면 애써 웃으며 참을 만하다고 했다. 아무리 참지 말라고 해도, 아프고 힘들어도, 본인이 정한 기준을 유지하려는 것 같았다. 환자의 일은 참는 게 아니라 아픈 곳을 의료진에게 알려주는 것이라고 여러 번 말해도 소용없었다. "네에."라고 길게 대답하고 그저 웃기만 할 뿐이었다. 내가 설득을 해도 보호자가 설득을 해도 똑같았다. 말없이 참기만 했다. 그리고 얼마 후 퇴원했다.

전임의 시절 만난 대부분의 환자와의 인연은 퇴원으로 끝이 난다. 환자는 수술 집도의의 외래를 찾아가고 전임의는 간간이 소식만을 전해 듣는다. 환자가 퇴원한 지 한참 지난 어느 날, 외래 진료실에서 학회 발표 자료를 준비하고 있던 오후였다. 보호자가 외래 진료실로 들어왔다. 보통 이런 경우는 한두 가지로 요약된다. 약이 모자라거나 급하게 진단서가 필요한 경우. 그런데 보호자의 표정이 매우 어두웠다. 앞서 말한 두 가지 이유의 방문은 아닌 것이 분명했다. 아주 쓸쓸하고 심각하고 조용하게 보호자는 운을 뗐다.

"어머니가 위암이라고 하시네요."

"아…."라는 탄식 말고는 할 수 있는 말이 별로 없었다. 의사들은 대부분 자신의 분야가 아닌 타과 질병은 잘 알지 못한다. 나도 마찬가지였다. 심장과 대동맥 등의 분야를 제외하고는 문외한과 다름없었다. 일단 보호자의 이야기를 들었다. 보호자와 함께 입원 당시의 검사부터 마지막 진단까지 결과를 함께 살폈다. 내시경 기록을 살피고 조직검사지도 보았다. 혹시 입원했을 때 검사에서 위암의 흔적이 있었는지도 확인했다. 한참 어두워질 때까지 우리는 이야기를 나눴다. 보호자가 다녀간 후 내과와 외과 교수님들께 전화를 걸어 이것저것을 물었다.

며칠 후 그가 다시 외래로 찾아왔다. 그는 말을 아꼈다. 어머니의 병명에 "꽤 진행된"이라는 진단이 추가되었다는 이야기를 했다. 유난히 어둡던 외래 스탠드 불빛 아래서 우리는 같이 한숨을 쉬었다.

그날 이후 보호자는 환자와 함께 내 외래를 자주 방문했다. 다 참을 만하다던 환자는 어느 날부터는 불편함을 이야기하기 시작했다. 머리가 아픈 것, 다리가 저린 것, 가슴이 답답한 것도 조금씩 이야기했다. 몇 가지 약을 끊었다. 며칠 후 환자는 두통이 사라졌고 입맛이 돈다며 환하게 웃어 보였다. 이제 정말 내 환자가 된 것 같았다.

환자가 본인의 새로운 병에 대해 얼마나 알았는지는 알 수 없었다. 다만 환자는 외래 중간중간 무거운 표정을 지었다. 그 표정을 보고 나는 환자도 본인이 암이라는 사실을 알고 있으리라고 짐작할 뿐이었다. 어느 날, 나는 보호자에게 언젠가 다가올, 그러나 원하지 않는 '나중'에 관해 이야기했다. 할머니가 품위 있게 임종을 맞을 수 있는 가까운 병원을 알아보시는 게 좋을 것 같다는 조언도 어렵게 해드렸다.

보호자는 얼마 후 적당한 병원을 찾은 것 같다고 말해주었다.

'나중'은 항상 생각보다 빨리 다가온다. 어느 날부터 외래 진료실에는 보호자만 방문했다. 할머니는 결국 집에서 돌봐드릴 수 없는 상태가 되어버렸다. 할머니는 '나중'을 위한 병원에서 지내신다고 했다. 나는 그 이후 할머니의 모습을 한 번도 볼 수 없었다.

어느 날, 낯선 번호가 찍힌 문자를 받았다. 할머니가 임종하셨다는 연락이었다. "덕분에 편안하게 임종하셨습니다." 문자를 읽다가, 편안하다는 말이 자꾸 마음에 걸렸다. 편하지 않으셨을 텐데, 힘이 드셨을 텐데.

할머니는 내가 근무하는 병원 장례식장으로 모셔졌다. 장례식장에 가야겠다는 생각을 하다가 환자의 얼굴을 영정으로 보는 게 왠지 두렵다는 생각도 들었다.

"의사가 자기 환자 장례식장에 가기도 해?"

누군가의 질문에 나는 좀 특별했던 환자라고 대답하고 장례식장으로 내려갔다. 늘 그렇듯 장례식장은 낯설었다. 내가 죽어 누워 있어도 익숙해지지 않을 곳 같았다. 신발을 벗고 헌화를 하고 절을 올리고 상주를 만났다. 조금 긴 시간 눈인사를 했다. 그의 눈에는 눈물이 잔뜩 맺혀 있었다. 영정을 바라봤다. 다정하고 조용조용히 말씀하시던 할머니의 모습이 내 눈앞에 사진으로만 남아 있었다.

서둘러 인사를 드리고 나왔다. 구두는 오늘따라 잘 신어지지 않았다. 빈소를 벗어나려는데 상주가 따라 나왔다. 그리고 식사를 하고 갈 것을 권유했다. 내가 있을 자리가 아닌 것 같아 망설이다가 자리에 주저앉았다. 사실은 아드님과도 조금 이야기를 하고 싶었다. 할머니의 마지막 이야기도 듣고 싶었다. 아드님은 할머니의 손자들에게 나를 소개했다.

"할머니를 마지막까지 돌봐주셨던 의사 선생님이셔."

왠지 모르지만 그 말이 부끄러웠다. 할머니는 돌아가셔서 자리에 없는데. 내가 돌봐드린 것은 아무것도 없었는데.

누군가가 육개장을 가져왔다. 아드님은 내 앞에 앉아 할머니의 마지막 모습을 이야기하며 눈물을 글썽거렸다. 나도 눈물이 났다. 육개장을 삼키며 그 이야기를 묵묵히 들었다. 육개장의 맛이 날카로웠다. 빨간 국물이 식도를 따라 긁듯이 내려갔다.

집으로 돌아오는 길이 매우 길게 느껴졌다. 택시는 잘 잡히지 않았고 밤은 쉽게 어두워졌다. 장례식장에서 나오는 내 그림자를 누군가가 바닥에 묶어 놓고 있는 것 같았다. 집에 돌아와서도 영정으로 남은 할머니의 모습이 한참 마음에 남았다. 내가 느꼈던 부끄러움은 무엇에 관한 것일까 생각해보았다. 육개장 속 밥알이 하나하나 위에 박히듯 생생하던 그 날카로운 감각에 대해서도.

할머니와 나눈 처음이자 마지막 식사였다.

어디로든 갈 수 있는

음료수

"내가 늙어서 따라갈 수도 없고, 그렇다고 선생님을 그냥 보낼 수도 없고."

등이 민둥산처럼 굽은 할머니가 식어버린 음료수를 건네주었다. 외래 진료 전 병원 1층 카페에서 살 때는 따뜻했는데 차갑게 식어 미안하다고 할머니는 덧붙였다. 내 왼손을 잡고 하염없이 우는 환자에게 나는 할 말이 없었다. 할머니는 비틀거리며 돌아나가셨다. 나는 식어버린 음료수를 마셨다.

11년간 다니던 병원을 그만두기로 했다. 이유야 많았지만 변화가 필요하다는 생각을 했다. 마침 떠날 기회가 생겼다.

소심하게 고민하다가 두 달 전 공식적으로 이직 계획을 밝히고 11년간의 흔적을 지우는 작업을 시작했다. 오랫동안 사용하던 컴퓨터에 남아 있는 개인 자료를 USB에 옮겨 담고, 의무기록을 정리하고, 오래된 흉부외과 교과서를 찾아내고, 당직실 한구석에 언제인지는 모르지만 내가 벗어놓은 것이 분명한 양말을 찾아 쓰레기통에 넣었다. 병원 구석구석에 나의 흔적이 남지 않은 곳이 없었다.

수술을 멈추고, 당분간 휴지기를 갖기로 했다. 가족들과 휘리릭 여행을 다녀와도 좋겠다고 생각했다. 물론 훌륭한 계획이었지만 실행은 녹록하지 않았다. 11년간 두세 달에 한 번씩 만났던 환자들을 마지막으로 만나야 했다. 내가 남은 두 달 동안 만나 병원을 떠난다는 사실을 설명드려야 할 외래 예약 환자가 1,500명에 가깝다는 것은 외래 간호사가 전해준 명단을 보고서야 알게 되었다. 10년을 넘게 만난 환자들에게 인사도 없이 떠날 수는 없었다. 휘리릭 여행을 가고 싶다는 계획은 그저 계획으로 끝이 났다. 여행은 고사하고 외래 진료 일수를 늘려야 했다. 나는 하루 종일 외래 진료를 보기 시작했다.

환자들에게 병원을 옮기게 된 사정을 설명하고, 사과하고, 환자들의 이야기를 들었다. 결국 모든 것은 '마감'의 과정이구나. 저녁마다 병원에 남아, 함께하던 환자들의 경과를 요약해 기록했다. 타인의 인생에 대하여 작은 중간 정의를 내리는 느낌이 들었다. 조심스럽고 송구스러웠다.

외래 진료가 계속되면서 이 일이 단순한 마감의 과정이 아닌 사람과 '이별'하는 과정이라는 것을 알게 되었다. 한때 내게 목숨을 맡기고 수술을 한 환자에게 왜 병원을 옮기는지 변명을 해야 하기도 했고, 가끔은 매우 이기적이라는 말을 들으며 큰 죄를 지어 혼나는 초등학생처럼 고개를 숙일 수밖에 없을 때도 있었다. 그럴 때면 목구멍이 바짝 타들어갔고 마른 침만 마스크 속으로 삼켜야 했다.

환자분들은 내가 목이 타는 것을 알았는지 하루에도 몇 잔씩 음료수를 건네주었다. 내가 커피를 좋아한다는 것을 알고 커피를 사 오시거나, 맛있다는 주스며 건강에 좋다는 녹즙을 들고 오시기도 했다. 어느 날엔가는 집에서 직접 만들었다는 정체불명의 음료가 외래 진료 시작 전부터 책상 위에 놓여 있기도 했다.

“내가 이제 죽을 때까지 선생님을 볼 수 없겠지? 아마 오늘 보면 마지막이겠지. 선생님도 나를 오늘 보는 게 마지막일 거야. 나는 그곳까지 따라갈 수가 없어. 나는 이제 무릎이 다 망가져서 혼자서는 아무데도 갈 수 없는 사람이잖아. 나도 예전에는 어디로든 갈 수 있는 사람이었어.”

또 다른 환자가 가방에서 꼬깃꼬깃한 흰 비닐봉지에 담긴 요구르트를 꺼내며 울었다. 10년을 담당했던 의사와 헤어지는 것이 슬퍼서 눈물을 흘리는 것은 아니고, 10년간 변함없이 규칙적으로 해왔던 어떤 종류의 일이 종결될 예정이고 그것이 영원히 복원될 수 없다는 사실 때문에 흐르는 눈물인 것 같았다.

처음 만났을 때는 씩씩하게 진료실로 걸어 들어오던 할머니였는데, 어디로든 갈 수 있는 할머니였는데, 이제 혼자 서 있는 것조차 힘들 만큼 세월이 흘러버렸다.

진료가 모두 끝나고 빈 진료실에 혼자 남았다. 옛날에는 어디로든 갈 수 있었다는 할머니의 그 말씀이 마음에 남았다. 나는 환자들이 건네준 음료수들을 차례로 마셨다. 뜨겁지도 차갑지도 달지도 쓰지도 않은, 커피와 주스와 녹즙과 이름 모를 음료수들을.

기대와 예상은 언제나 다르다

회식

흉부외과 의사라는 직업을 갖게 되면서 나는 한정적인 사람들만 만나게 되었다. 가족 그리고 흉부외과 관계자들. 원하든 원하지 않든 그렇게 돼버렸다.

아주 가끔 흉부외과 선후배들과 저녁 약속을 잡는다. 몇 년을 동고동락했던 사이니 그들과의 회식은 살짝 기대가 된다. 나름 야심차게 맛집을 검색한다. 각자의 병원에서 중간 지점을 세밀하게 조율해 가장 많은 사람이 올 수 있는 장소를 찾는다. 약속 시간은 모두 수술이 끝날 것으로 예상되는 오후 7시쯤. 정말 오랜만에 만나는 것이니 수술 일정도 미리 조절하고 외래 진료도 일찌감치 끝내놓는다. 이제 약속 장소를 향해 출발한다. 아껴둔 와인도 한 병 손에 들고. 어쩌면 오늘 많이 즐거울 수도 있겠다고 스스로 기대한다.

모두에게 공평한 중간에 위치하는 장소는 사실 모든 사람에게 예외 없이 멀고 어려운 길이다. 막히는 길을 뚫고 골목골목을 돌아가는데, 약속 시간이 다가올 때쯤이면 문자가 하나하나 도착한다. 응급수술이 생겼다는 문자, 환자가 갑자기 안 좋아졌다는 문자, 수술 환자가 피가 난다는 문자, 병원으로 돌아가고 있다는 문자가 건조하게 쌓여간다. 흔한 일이다. 가끔은 나도 가는 길 중간쯤 문자를 보내야 할 때가 있다. "응급이네요. 죄송."

교통 체증을 뚫고 도착해보면 약속 장소에 아무도 없는 경우도 있다. 아예 연락 두절인 사람에게 전화해보면 "○○○ 선생님 응급수술 중이십니다." 하는 수술실 간호사의 낭랑한 목소리가 마치 모니터에서 나오는 기계음에 섞여 들린다. 식당에 앉아 밑반찬만 먹으며 기다리다 보면 이제 수술 끝나서 출발한다고 연락이 오기도 한다.

오랜만에 선후배들을 만날 거라는 기대는 대부분 이렇게 허망하게 사라진다. 식당 테이블에 앉아 사장님의 눈치를 보며 원래 예상한 예약 인원에 맞춰 4~5인분의 음식을 시킨다. 겨우 도착한 두세 명만 자리에 앉아 "수술 잘해." 등의 문자를 보내다가 다시 밤이 오면 각자의 병원을 향해 헤어진다. 물론 그사이에 밥 먹다가 병원으로 호출되어 황급히 떠나는 사람이 있는 것은 당연하다.

기대하는 것과 예상하는 것은 다르다.

우리는 항상 기대하면서 그 기대를 예상이라고 착각하곤 한다. 이렇게 하면 살아나실 수 있을 거야. 이렇게 하면 빨리 회복되실 거야. 그래, 새로운 방법은 아직 써보지 않았으니까….

기대와 예상 사이에서 자신의 위치조차 파악하지 못하는 나, 객관적으로 바라보고 예상조차 하지 못하는 나의 이기심을 어떻게 지울 수 있을까? 정작 기대로 가득한 저녁시간에 응급 상황이 생길지도 예상하지 못하며 회식 약속을 잡고 살아가면서.

예상과 달라 힘들다는 것과 기대와 달라 힘들다는 것에는 분명 차이가 있다. 결코 우리가 그 간격을 좁히지는 못하지만.

취향의 숲

비건

나는 문어를 먹지 않는다.

모든 것은 2년 전 우연히 읽게 된 문어에 대한 책들 때문이었다. 그전까지 나는 산낙지를 정말 좋아했고, 해물탕집에 가면 펄펄 끓는 물에 낙지나 문어를 통째로 넣고 뚜껑을 닿는 순간부터 침을 꿀꺽거리며 기다리는 사람이었다. 단 두 권의 책• 때문에 나의 취향은 완전히 변하게 되었다. 그 책들에 따르면 문어는 꽤 지능이 높고 감정을 느끼며, 우리와는 다른 축으로 진화된 영역의 생물이다. 그들은 같은 종은 물론이고 다른 종 생물과도 소통하며, 때로는 인간과도 소통하려 노력한다. 게다가 친절하기까지 하고 심한 두려움과 공포도 느낀다는 것이 그 책들의 주장이었다.

책을 다 읽은 날부터 나는 문어와 낙지를 먹을 수 없게 되었다. 대단한 철학이나 심오한 논리보다는, 나의 뇌 한쪽에서 이들을 음식으로 인식하지 않기 시작했다. 마치 촛불이나 식탁, 신발을 보면서 맛

• 사이 몽고메리, 최로미 옮김, 『문어의 영혼』, 글항아리, 2017
피터 고프리스미스, 김수빈 옮김, 『아더 마인즈』, 이김, 2019

있겠다고 생각하지 않는 것처럼, 문어와 낙지를 보아도 먹을 수 있다는 생각이 전혀 들지 않았다. 낙지와 문어를 식재료가 아닌 생명체로 인식하기 시작한 것이다.

결국 시간이 지나며 나는 완벽하게 문어와 낙지를 먹지 않는 사람이 되었다. 물론 나의 취향을 타인에게 강요하지는 않는다. 해물탕집에 함께 가면 나는 다른 음식을 먹으면 된다. 나의 취향이고, 그들의 취향이니.

병원의 식판에는 한 달에 한두 번 낙지볶음이나 문어 샐러드 같은 것이 배식된다. 며칠 전 급하게 식당에서 밥을 먹다가 샐러드와 함께 문어 한 조각이 입속으로 들어갔다. 2년 만에 입안으로 들어오는 바람에 씹어본 문어의 느낌은, 초등학교 때 어떤 이유인지 기억은 나지 않지만 선생님 앞에서 황급히 물어뜯었던 고무지우개와 같은 느낌이었다. 차마 삼킬 수조차 없었다. 내가 그렇게나 좋아했던 문어인데…. 같이 먹는 동료들이 불편할까 봐 입안으로 들어온 문어 조각을 뱉지도 삼키지도 못한 채 물고 있다가 물을 잔뜩 들이켜며 약처럼 삼켰다. 오후 내내 속이 불편했고 기분이 나빴다. 그리고 그녀가 떠올랐다.

그녀를 처음 만난 것은 면접 자리였다. 흉부외과에서 같이 일할 간호사를 뽑는 채용에서 나는 막내 면접관이었다. 어떤 질문에도 자신 있어 보이는 그녀였지만 어딘지 어색했다. 뭐지? 하고 고민하다가 면접이 끝났다. 어쨌든 그녀는 다른 지원자보다 훌륭했다. 그렇게 그녀는 우리와 함께 근무하게 되었다.

그녀의 첫 근무날, 과에서는 환영파티를 해주었다. 오랜만에 들어온 신입 직원을 위해 멀리 떨어진 횟집에서 저녁 회식을 했다. 나는 당직이어서 참석하지 못했다. 다음 날 아침, 누군가 내게 그녀가 다른 사람들하고 식성이 조금 다른 것 같다는 이야기를 아주 비밀스러운 목소리로 전했다. 전날 그녀가 해초만 먹더라는 것이었다. 회를 먹지 않는 사람은 흔히 있다는 나의 말에 튀김도 생선구이도 함께 나온 돈가스도 전혀 먹지 않고 해초만 먹는 것 같았다고 했다.

하루는 점심시간이 되어 함께 병원 식당에 갔다. 그녀는 우리에게 자신의 음식 취향에 대해서 소개했다.

"저는 비건이에요."

같이 있던 직원들이 웅성거렸다. 비건이 무슨 뜻이냐고….

그녀는 완벽한 비건이었다. 어떤 육식성 음식도 먹지 않았다. 달걀도 생선도 과거에 스스로 움직였던 생물에서 유래된 음식은 어떤 것도 먹지 않았다. 누군가 그녀를 설득하려고, 또는 그녀의 논리를 깨보기 위해 물었다.

"운동화나 가방의 가죽은 괜찮고 먹는 것은 안 돼요?"

그녀는 살짝 웃으며 수백만 번은 대답해본 적이 있다는 듯한 표정을 지었다. 신발도 가방도 그 어떤 것도 동물에서 유래된 제품은 입지도 신지도 들지도 않는다는 것이었다.

'그렇구나, 그렇게 살 수도 있구나.'

그러나 병원에서 비건 생활을 유지하는 것은 쉽지 않았다. 사람들은 그녀의 취향을 설득해서 바꿀 수 있는 도전 과제라고 판단했다. 함께 맥주를 마시며 반복하여 질문하고, 이미 그녀가 해보았을 고민을 한 움큼 던져주기도 했다. 그녀는 아무리 맥주잔을 함께 기울여도 안주로 나온 감자튀김은 고사하고 케첩도 입에 대지 않았다. 그녀의 취향은 변하지 않았다.

“튀김 기름에 동물성 유지가 포함되었거나 케첩에 동물성 첨가제가 있을 수 있어서요.”

그녀의 대답이었다.

식당에 가면 그녀는 흰밥만 먹었다. 김치는 먹을 수 있지 않냐고 물어보면, 젓갈을 넣었기 때문에 먹을 수 없다고 했다. 채소무침이나 나물도 양념에 동물성 성분이 있을 수 있다고 먹지 않았다. 식판에는 휑하니 밥만 담아 안전하다고 생각하는 간장을 가지고 다니며 비벼 먹었다. 매일 그녀는 간장과 흰밥만을 먹었다. 물론 그녀는 아무에게도 해를 끼치지 않았지만 누군가는 설득을 결심했고 누군가는 불편해했다.

두 달 정도가 지난 후 그녀는 병원을 그만두었다. 그 당시 내가 근무하는 병원에는 그녀와 같은 비건을 도와주고 지켜줄 식단이 없었다. 미숙했던 우리는 그녀를 도와주지 못했고 오히려 설득이란 이름으로 공격을 가한 것 같았다.

사람은 누구나 고유한 취향의 숲을 가지고 있다. 서로 다른 취향의 숲이 각자의 마음속에 자라고 있다. 그 생태계는 합쳐질 수 없다. 아무리 강요해도 입안의 음식을 더 이상 씹을 수도 삼킬 수도 없게 만드는 것이 취향이다. 그녀에게 그 시절의 병원은 너무나 잔인한 정글이 아니었을까. 방관자였던 나 역시 조용하게 폭력에 동조했을 뿐이었다.

비건과 베지테리언을 위한 식당은 늘어나고 있다. 지금은 병원에서도 비건과 베지테리언을 위한 식단이 준비된다. 10년 전 혼자 흰밥에 간장으로 식사를 해결해야만 했던, 그마저 자유롭지 못해 취향의 다름에 대해 논쟁을 감내할 수밖에 없었던 그녀의 마음을 생각해보았다. 얼굴이 뜨거워졌다.

사람을 치료하는 곳이지만 사람을 감싸주지 못할 때 병원은 외롭고 웃긴 곳이 되어버린다. 환자에게도, 함께 일하는 우리에게도. 그녀에게 진심으로 미안해졌다.

늦었지만 지금이라도 사과의 마음을 보내고 싶다. 아주 많이.

달콤한 것들은 모두 녹아내려

사탕

• '좋아서 하는 밴드'의 노래 제목.

의사들은 이야기한다. “단 음식 먹지 마세요.”라고. 자신의 입안에는 목캔디나 젤리를 넣은 채로. 때로는 점심식사 후 어딘가에서 얻어 온 오렌지맛 사탕을 먹으면서도 환자들에게는 아주 근엄하게 “사탕은 먹지 마세요.”라고 이야기한다. ‘당’은 만병의 근원이라고 학생 때부터 배워왔으니까.

아주 예외적으로 병원에서 사탕을 급하게 찾는 경우도 있다. 인슐린이 과도 투여되거나 혈당 조절에 실패한 당뇨 환자들은 갑자기 전신 무력감을 호소하다가 의식을 잃기도 한다. 확인해보면 혈당이 바닥까지 떨어져 있다. 물론 응급으로 포도당이 포함된 수액을 투여하면 대부분 의식을 차리고 호전된다. 그보다 먼저 사탕을 환자의 입에 넣어주고 나면 환자는 “이제 조금 좋아지네요.”라는 말을 한다. 그 외에는, 병원에서 사탕의 효용은 전혀 없다.

10년도 훨씬 전, 교도소에서 출소한 지 일주일 만에 심근경색이 생긴 환자가 중환자실에 입원했었다. 그가 처음 내게 한 말은 “교도소 밥보다 병원 밥이 맛있다.”는 것이었다. 수술이 필요하다는 나의 설명에 그의 대답은 "의사 양반, 수술은 됐고 반찬이나 신경 좀 써줍쇼."였다. 그는 심장 수술을 받았고 나는 반찬 신경은 써주지 못했다.

그는 스스로를 출가한 스님이라고 말하기도 했고, 파계승이라고 부르기도 했다. 입원 기간 내내 그는 의료진에게 욕을 하고 간호사를 울렸고 다른 환자를 때렸다. 병동 복도에서 목탁을 두드리기도 했다. 그러다 퇴원했다.

사람은 잘 변하지 않는다. 그도 변하지 않았다. 노숙을 했던 그가 지독한 악취를 풍기며 외래 진료실 복도에 나타나는 순간, 다른 환자들과 의료진은 모두 긴장했다. 술에 취한 채 병원으로 들어와 강아지를 복도에 풀어놓기도 했고, 처방받은 약을 몽땅 뜯어서 큰 깡통에 담아 초콜릿처럼 먹고 싶은 만큼 집어 먹는다며 자랑도 했다. 화를 내고 설명하고 또 화를 내면, 한 달 정도 열심히 약을 먹다가 또 처음으로 돌아갔다. 어느 날은 핸드폰을 샀다며 병원에서 만난 모든 사람들 사진을 찍으며 다녔다. 그가 외래에 나타나기만 하면 모두 그를 피했다. 하지만 나만은 그를 피할 수 없었다. 내 환자니까.

그렇게 10년 동안 그를 봤다.

그는 대부분의 시간을 집 없이 떠돌았다. 그러다 힘들면 동네 당구장에 무작정 들어가 당구장 의자에 누워 자거나 노래방에 들어가 방 하나를 차지하고 살기도 했다. 겨울에는 서울역에서 노숙을 하거나 보호소에서 기거하고, 여름에는 청평 강변으로 가 텐트를 치고 지냈다. 그러다 또 몇 달 보이지 않아 걱정을 할 때쯤이면 울면서 외래에 나타나 감옥에 가 있었다고 말했다.

얼마 전 그가 외래로 다시 찾아왔다. 또 울고 있었다. 보호시설에서 살다가 코로나 검사를 너무 자주 해 힘들어서 나왔고, 돈이 없으니 시골로 내려가 쪽방 생활을 할 계획이라고 했다. 이제 시골 병원에 다니겠다며 진료의뢰서를 요청했다. 나는 울고 있는 그를 바라보았다. 그는 처음 중환자실에서 만났을 때보다 훨씬 작고 약해져 있었다. 나는 진료의뢰서를 쓰고, 약을 처방하고, 잔소리를 했다.

"약 꼭 챙겨 드시고, 또 깡통에 넣고 아무 약이나 드시지 마시고, 꼭 순서대로 드시고, 가슴 아프면 병원 가시고, 술 그만 드시고, 담배 끊으시고, 겨울에는 노숙하지 마시고, 쉼터가 답답해도 잘 지내시고, 사람 때리지 마시고….”

그는 고개를 끄덕였다. 작별인사를 하고 나가려다가 뒤돌아서더니, 주머니 속에서 주섬주섬 무엇인가를 꺼냈다. 사탕이었다. 아주 오랫동안 그의 주머니에 머물러 껍질에 때가 잔뜩 묻은 사탕이었다.

“이거라도 드세요. 그동안 감사했어요.”

그는 또 울었다.

그가 나간 후 나는 한참 동안 사탕을 바라봤다. 사탕 껍질에는 그의 손때가 까맣게 묻었고 포장지에 인쇄된 무늬는 낡아 벗겨져 있었다. 사탕은 그의 주머니에서 몇 번을 녹아내렸다가 다시 굳었는지 껍질에 눌어붙어 있었다. 사탕에서 쿰쿰한 냄새가 나는 것도 같았다. 과연 이걸 먹어도 될까? 한참을 바라보다가 껍질을 까서 입안에 넣었다.

달콤했다.

달콤한 것들은 모두 녹아내린다.

건강하시기를. 아프지 마시기를. 울지 마시기를. 다른 사람 때리지 마시기를.

수술실의 검은 비닐봉지

태국의 맛

비행기를 탔다. 태국으로 가는 길이었다. 내가 가야 할 곳은 '핫야이'라는 도시의 한 병원이었다. 핫야이. 방콕, 푸켓, 치앙마이처럼 알고 있거나 가본 적이 있는 지역이 아니었다. 서울을 떠나 방콕을 거쳐, 국내선으로 갈아타야 도착하는 여정이었다. 멀고 낯선 지역까지 굳이 찾아가는 이유는 한 명의 의사를 만나기 위해서.

그는 나와 같은 흉부외과 의사였고, 대동맥 수술에 발군의 실력을 보이고 있었다. 미국이나 유럽 지역의 의사가 아닌, 아시아의 의사에게 수술에 관한 교육 프로그램이 있는 것은 흔한 일은 아니다. 더군다나, 그가 활동하는 지역은 태국의 수도도 아닌 작은 도시였다. 늦은 밤, 핫야이에 도착했고 더 늦은 시간이 되어서야 숙소로 들어갈 수 있었다. 짐을 풀고 호텔 밖으로 나와보았다. 내가 살고 있는 서울과는 매우 동떨어진 곳에 도착한 느낌이었다. 저녁을 먹기에도, 술을 한잔하기에도 너무나 늦은 시간이었다. 문이 잠긴 상점들이 보였고, 가끔 오토바이 몇 대만 빠르게 지나갔다. 다시 호텔 방으로 들어가 잠을 청했다.

다음 날 오전, 새벽부터 일어나 조식을 대충 먹고는 병원으로 향했다. 날이 무척 좋았다. 병원 마당에 심어놓은 꽃들이 인상적이었다. 병동과 중환자에도 햇살이 들어왔다.

어느 나라를 가도 수술실의 모습은 같았다. 초록색 바닥, 스테인리스 재질의 보관함, 베타딘 냄새, 그리고 초록색 또는 파란색 옷을 입은 사람들. 주변을 살피며 잠시 기다리자, 우리가 만나고자 했던 그 '의사'가 수술실로 들어왔다. 그는 작고 겸손한 사람 같았다. 서로 인사를 나누고, 환자의 기록들을 함께 보고, 우리의 의견을 들었다. 그리고 수술이 시작되었다. 꽤 흥미롭게, 메모를 해가며, 의견을 나누고 수술을 참관했다. 그는 열정적으로 수술을 했고, 우리에게 자신의 의견을 전하고 싶어 했다.

첫 수술이 끝나고, 곧이어 다른 방에서 두 번째 수술이 시작되었다. 그리고 다시 세 번째 수술까지. 역시 이곳도 식사할 틈이 없었다. 수술이 끝난 시간은 오후 3시가 넘었다. 매우 늦은 점심을 먹기 위해 수술실 식당으로 향했다. 이미 정규 식사 시간은 끝난 상태였다.

한켠에서는 우리의 식사를 위해 부산하게 움직이는 것 같았다. 원래 병원 식사가 우리를 위해 준비되어 있었지만 수술이 늦게 끝나는 바람에 다시 준비를 한다고 했다. 이윽고 검은 비닐봉지가 우리 앞에 놓였다. 된장찌개가 아닌 것을 제외하고는 한국에서도 낯설지 않은 풍경이었다. 부스럭거리는 검은 봉지 안의 분홍빛 스티로폼 도시락에는 몇 가지 낯선 음식들이 들어 있었다. 하나씩 꺼내어 커피와 함께 입에 넣었다. 직접 내가 수술을 하는 것은 아니었지만 아침에 황급히 조식을 먹는 둥 마는 둥 하고 나온 터라, 배가 몹시 고팠고 맛을 느낄 틈 없이 먹어치웠다. 이름 모를 음식을, 그리고 망고와 함께 달콤한 밥을 입에 넣었다. "디저트 디저트!" 간호사들이 우리에게 설명을 했다. 디저트로 왜 밥을 먹지? 끈적거리지만 힘이 날 것 같은 맛이었다. 우리를 초청한 선생님도 식당으로 와 함께 밥을 먹었다. 그도 그의 검은 봉지를 열었다. 한국이나 이곳이나 흉부외과 의사는 검은 비닐봉지에 배달된 밥을 수술실 식당에서 뒤늦게 먹는구나.

늦은 수술 덕분에 함께 진행하기로 했던 콘퍼런스도 늦게 시작하게 되었다. 오늘 수술에 관한 이야기와 평소 궁금했던 환자 케이스에 대하여 질문을 했고, 그는 친절히 대답을 해주었다. 그리고, 짧게 예정된 강의를 시작했다. 그는 우리에게 알려주고 싶은 게 너무나 많았고, 우리는 그에게 듣고 싶은 내용이 넘쳐나고 있었다. 강의는 끝나지 않았다. 그의 마법상자 같은 USB에서 새로운 PPT가 계속해서 쏟아져 나왔다. 우리는 저녁식사를 포기하고 이야기를 더 나눠보자고 했다. 거의 9시가 다 되어서야 저녁식사를 위해 어느 바닷가 마을로 떠날 수 있었다.

주변은 어두웠다. 함께 갔던 누군가가 창 쪽을 가리키며 바다라고 말했지만, 아무것도 보이지 않았다. 늦은 시간 도착한 식당에는 예약석이 준비되어 있었다. 문 닫을 시간이 얼마 남지 않았다고 말하는 식당 사장님은 분명 화가 나 있었다. 애당초 계획은 석양이 지는 바다를 바라보며 태국 음식을 즐기는 것이었지만 해는 이미 지구 저쪽에 가 있었다. 미리 주문해둔 음식들은 한번에 나왔다. 게와 새우 요리였다. 푸팟퐁 커리였나? 어떤 것이 게이고 새우인지도 구별할 수 없는 속도로 입에 넣었다. 그리고 이따금 바다로 추정되는 곳을 바라보았다. 유리창에는 정신없이 늦은 저녁을 하는 우리의 모습이 비쳐 보였다. 분명 힘이 드는데, 기분이 좋았다. 긴 하루가 기분 좋게 끝나갔다.

다음 날, 다시 수술실에 들어가게 되었다. 수술을 참관하려고 하는데, 한국에서 전화가 걸려왔다. 대동맥이 찢어진 환자가 병원에 도착했는데 꽤 위중하다는 콜이었다. 핫야이의 시간이 중지되었다. 그 즉시 비행기를 수소문해 공항으로 향했고, 다시 방콕을 거쳐 한국으로, 서울의 병원으로 돌아왔다. 다행히 수술은 무사히 마쳤다. 그리고 나는 다시 달콤한 찰밥을 먹지 못했다.

몇 년 후 가족들과 여름 휴가를 보내기 위해 방콕을 다시 찾았다. 핫야이에서 먹었던 음식의 이름도 알게 되었다. '카오 니아우 마무앙'이었다. 방콕에 도착하자마자 커다란 쇼핑몰 지하에서 카오 니아우 마무앙을 시켜 아이들과 함께 먹었다. 내가 핫야이에서 먹었던 맛과는 다른 맛이었다. 수술실의 밥이 좀 더 달았고 좀 더 끈적거리는 느낌이었다. 무엇보다 수술실의 밥은 힘이 날 것 같은 맛, 정신이 번쩍 나는 맛이었다.

그 이후로도 몇 차례 더 태국을 여행하는 동안, 같은 음식을 시켜보았지만 수술실 식당에서의 먹었던 그 맛을 다시 느낄 수는 없었다. 분명 망고도 더 싱싱했고 찰밥도 더 단단해 보였지만 그 느낌이 아니었다. 검은 비닐봉지 때문일까? 아니면 정신없이 일한 다음 입안에 넣은 달콤함 때문이었을까?

힘이 반쯤 빠진 상태에서, 해가 조금씩 들어오는 수술실 식당에서, 낯선 언어의 설명을 들으며, 처음 맛본, 검은 비닐봉지에 들어 있던, 달콤하며, 끈적거리며, 지쳤던 내게 힘을 주던 맛. 그것은 태국의 맛이었다.

밥이라도 먹을까? 우리

보호자 식당

흉부외과 전공의가 되고 며칠 지나지 않은 봄날, 갓 입은 의사 가운의 주름이 아직 빳빳하게 날서 있었던 때, 엄마가 쓰러지셨다. 어지럼증과 구토 때문에 엄마는 자리에서 전혀 일어나지 못했다. 몇 년 전부터 있던 어지럼증이지만 이번에는 가볍지 않았다. 그동안 증상이 심해지면 약으로 조절했고 금세 아무 일 없다는 듯 일상으로 돌아가곤 했다. 그런데 이번은 분명 달랐다.

의사는 보는 순간, 입원을 결정했다. 몇 가지 검사를 하고 결과를 기다리는 지루하고 초초한 시간이 흐른 후 엄마를 괴롭혀오던 증상의 원인을 알게 되었다. 10년간 고통의 원인은 불과 두 단어로 요약되었다. 청신경 종양.

청신경 종양? 학생 때 들어본 적은 있는 것 같았다. 정말 들어본 적만 있는 병이었다. 청신경에 혹이 생기고 그 혹이 커지며 신경과 전정기관을 누르면서 결국은 몸의 중심을 잡는 능력을 저하시킨다는 병. 엄마의 오랜 증상들이 이 혹 때문이라는 것을, 어지럼과 구토 속에서 힘든 몇 년을 보내고 몇 군데 병원을 거쳐 입원을 한 후에야 알게 된 것이다.

회진을 돌며 담당 교수님은 완벽한 치료가 가능하다고 이야기했다. 명료하고 좋은 소식이었다. 나쁜 소식 역시 명확했다. 수술 중 한쪽 청신경은 잘라낼 수밖에 없고, 이후 엄마의 한쪽 청력은 완전히 사라지며, 경우에 따라서는 안면 마비도 영구적으로 올 수 있다는 것. 우리 가족 모두의 머릿속이 조용해졌다.

며칠 후 내가 근무하는 병동에서 두 층 위에 위치한 이비인후과 병동으로 올라가 수술에 대한 설명을 듣고 보호자란에 서명했다. "한쪽 청력이 사라질 것이고, 얼굴의 마비가 영구히 남을 수 있습니다."라는 이비인후과 전공의의 입에서 나오는 문장을 수술 동의서에서 다시 읽었다. 그는 이 말이 완벽하게 우리의 뇌의 주름에 박힌 후에도 되새김질을 하듯 설명하고 또 설명했다. 불과 두 층 아래에서 매일 내가 환자와 보호자에게 기계적으로 반복 설명했던 문구들과 크게 다르지 않았다. 이렇게 절망스럽고 무거운 말을 내가 매일 환자에게 하는구나. 나는 잔뜩 긴장한 상태로 서명했다.

수술 당일 새벽, 당직실에서 잠을 자고 엄마의 입원실로 갔다. 머리를 삭발한 엄마는 애써 두려움을 참고 있었다.

“머리카락 반쪽만 잘라도 된다는데 모히칸족처럼 보일까 봐 그냥 삭발을 했어. 내 두상이 원래 좀 예쁘잖아.”

엄마의 두상은 예쁘지 않다. 그저 의미 없는 대화가 오갔다. 누나도 여동생도 아버지도 부쩍 말이 많아졌다. 엄습하는 두려움을 달래기 위해 튀어나온 농담들이 공중을 떠다녔고 그 중간중간 무거운 침묵이 놓였다. 거의 멈춘 것 같은 속도의 시간이 지난 후 엄마는 환자 이송팀과 함께 수술실 문 앞으로 이동했다.

매일 아침 수술실에 들어갈 때마다 보던 수술실 입구의 풍경이 낯설었다. 문이 열리고 우리 가족은 엄마와 함께 수술 준비실로 들어갔다. 수술실 입장 전 간단한 확인 절차를 위해 마련된 서너 평 남짓한 수술 준비실에 환자를 태운 60×200cm 크기의 철제 침대가 빼곡히 들어서 있었다. 긴장한 빛이 역력한 환자들은 눕지도 앉지도 못하는 자세로 철제 침대 위에서 뒤척거렸다. 환자보다 더 초조해 보이는 보호자들은 환자의 곁에서 수술실로 입장하는 입구의 문을 주시했다. 이곳이 가족들과 환자가 함께할 수 있는 수술 전 마지막 장소다.

간호사가 한 명 나와서 수술에 대해 간단한 안내를 했다. 간호사의 설명이 끝나고 환자들이 입장을 시작했다. '보호자 여러분'으로 통칭이 되어버린 환자의 가족들은 황망하게 손을 흔들며 문 밖으로 돌아 나갔다. 우리 가족도 별수 없었다. 연신 "병원은 원래 이렇게 춥니?"라며 덜덜 떠는 엄마의 손을 잡고 있던 누나가 마지막으로 엄마의 손을 놓고 애매하게 손을 흔들었다. 엄마를 태운 철제 침대는 덜컹거리며 수술실 복도 속으로 멀어졌다.

나는 수술실 복도까지 엄마를 따라갔다. 같은 병원에서 일하는 전공의의 특권이었을지도 모른다. 담당 교수님 아니면 담당 전공의에게 "잘 부탁합니다." 한마디라도 하고 싶어서였다. 수술실 복도를 따라 걷다가 문득 마취도 수술도 엄마가 혼자 이겨내야 할 일인데 싶은 생각이 들었다. 엄마도 혼자 고민하고 이겨내기 위한 준비의 시간이 필요할 것 같았다. 엄마의 손을 잡고 "엄마 잘해…요."라고 애써 웃으며 말한 후 나도 뒤돌아 나왔다.

수술실 출입문 밖 복도에는 환자를 들여보내고 공허감에 두리번거리는 보호자들이 웅성거리고 있었다. 그 사람들 속에서 훌쩍거리는 누나와 여동생이 보였고, 한구석에 작아져 있는 아버지를 발견했다. 나는 가족들 곁으로 다가갔다.

"밥이라도 먹을까? 우리."

약간 넋이 나간 채 수술실에서 나온 나를 본 아버지의 말이었다. 아무도 배가 고프지 않았지만 우리는 밥이라도 먹기로 했다. 엄마가 수술을 위해 들어간 아침 8시, 우리가 함께 할 수 있는 다른 일은 없을 것 같았다.

"어느 식당에 갈까?" "엄마는 배가 고파도 수술해야 하니… 우리라도 먹자." "너 수술 없어? 병원 밖에 나가서 먹어도 돼?" "교수님 인사하고 가야 하지 않아?" "엄마 배고프지 않을까?" "병원 근처에 맛있는 식당 있어?" "누나가 결정해." "아빠가 결정해요." "네가 병원 근처는 잘 알지?" "그냥 병원 식당이나 가지 뭐."

수술실 앞 층계를 두 층 내려가며 쓸데없는 대화를 나열하다가 결국 병원의 보호자 식당으로 갔다. 오늘의 메뉴는 설렁탕. 다들 식판인지 접시인지를 들고 배식 담당 아주머니들이 주는 시뻘건 깍두기를 담고, 반찬을 올리고, 밥을 뜨고, 설렁탕을 받았다. 허연 국물에 소면이 잔뜩 들어 있었다.

그날의 아침은 맛이 없었다. 정확하게 설명하자면 음식의 맛이 없는 것이 아니라 지독하게 아무 맛도 느낄 수가 없었다. 그때 우리에게 필요한 것은 초조함을 막기 위해 입안에 무엇인가를 집어넣는 일이었다. 입안에 무엇이든 잔뜩 들어가면 불안감과 공허함을 어쩌지 못해 아무 말이나 떠들어대는 것을 멈출 수 있을 것 같았다. 깍두기를 씹었고, 파를 잔뜩 뿌렸고, 밥을 입안에 넣고 삼켰다. 후추를 뿌리고 소금을 듬뿍 넣어 국물을 마셨고, 퉁퉁 불어터진 소면까지 깨끗이 비웠다.

아무 맛 없는 음식을 입안으로 다 넣어갈 즈음, 누나인지 여동생인지가 "이제 엄마 마취 끝났겠지?"라고 물었다. 잠깐 정적이 있었다. 나도 아버지도 "아마 잘 진행되고 있겠지." 하고 덤덤히 대답했다. 우리는 병원 식당을 나와 걸었다. 누군가 "병원 밥도 생각보다 맛있는걸?" 그렇게 말을 했던 것도 같다.

"그래, 그래도 맛있는 것 같아."

다들 맛있다고 대답은 했지만 그다음 말은 이어지지 않았다. "내가 커피나 마실까?"라고 물었지만 아무도 대답하지 않았다.

"수술 잘될까?"

우리는 누구나 알고 있었다. 높지 않은 가능성이지만 엄마의 얼굴이 마비될 수 있으며, 거의 완벽한 가능성으로 한쪽 청력이 사라진다는 사실을. 수술이 잘된다 해도 이미 기다리고 있는 귀결이 있고, 결과가 나빠진다면 그 나쁨의 끝은 정해져 있지 않다는 것을. 다만 우리는 엄마가 수술하는 동안 그 사실을 되새기며 말로 꺼내고 싶지는 않았을 뿐이다. 우리 모두 점심은 먹지 않았다. 저녁식사도 하지 않았다. 각자, 그냥 병원 주변을 서성거렸다.

엄마는 저녁시간이 지나서야 중환자실로 나올 수 있었다. 엄마의 얼굴은 통통 부어 있었다. 다행히 안면 마비는 없었다. 며칠 후 우리 가족은 마치 영화 속 한 장면처럼 아무 일도 없었다는 듯 이삿짐처럼 잔뜩 싸 온 병원용 짐을 둘러메고 엄마를 앞세워 퇴원했다. 그렇다고 끝은 아니었다. 영화의 최종 크레디트가 올라간 후 짧게 보이는 마지막 결정적 반전처럼, 엄마는 부작용으로 재입원해서 한 달간 더 고생을 했다.

엄마의 한쪽 청력은 영원히 사라졌다. 다행히 다른 후유증은 거의 남지 않았다. 물론 후유증이 없다는 것은 의료진의 시선이다. 작은 후유증들을 엄마가 극복했다는 것이 보다 사실적이며 적절한 표현이다.

요즘도 나는 그날의 우리 가족처럼 수술실 입구에서 잘 다녀오라고, 걱정하지 말라고, 초조해 어쩔

줄 모르며 손을 흔드는 환자와 가족들을 본다. 그때마다 교감신경이 항진되어 입이 바짝바짝 말라 병원 주위를 미친 듯 걸으며 시간을 보냈던 그날의 기억이 떠오른다. 그러면 내 환자의 보호자들에게는, 긴 수술이니까 힘들더라도 꼭 식사를 하고 천천히 환자를 기다리시라고 말씀드린다.

물론 음식이 쉽게 넘어가지 않을 것이다. 식당의 메뉴판조차 눈에 들어오지 않을 것이다. 보호자 식당의 밥은 맛이 있을 리 없고, 보호자들은 그 맛도 느끼지 못하리란 것을 나도 잘 안다. 그래도 나는 좀처럼 흘러가지 않을 기다리는 시간 동안에, 음식을 입에 넣고 삼켜보라고 조심스럽게 말씀드린다. 한숨을 내쉬는 대신, 맺힌 눈물을 흘리는 대신, 쉽게 넘어가지 않는 음식이라도 조금씩 삼키다 보면, 두려움과 불안도 함께 삼켜진다고 믿기 때문이다.

오늘도 환자와 보호자들은 각자의 어려운 싸움을 시작한다.

(환자의)

이건 정말 맛이 없어요

환자식

입원을 하면 누구나 환자식을 먹는다. (물론 환자식조차 못 먹는 사람도 있다.) 대개는 네모난 식판에 차려 나오는 공깃밥과 국 그리고 반찬 서너 가지를 받게 된다. 병원에 따라서는 양식 메뉴를 선택할 수 있는 곳도 있고 가끔 특식이 제공되기도 한다. VIP실이 있는 병원은 호텔의 룸서비스처럼 꽤 좋아 보이는 식기에 말끔하게 차려진 음식이 담겨 나오기도 한다. (물론 추가 비용을 내야 한다.) 어떤 형식의 음식이 나오든 환자의 밥은 기본적으로 치료식이다. 모든 음식은 매일 영양사의 꼼꼼한 계산에 따라 제공된다.

밥은 2,100kcal, 죽은 1,700kcal, 미음은 650kcal, 영양사들은 매 끼니 적절한 칼로리와 영양소의 조합을 기어코 찾아낸다. 하지만 그들이 고려해야 하는 것은 이것만이 아니다. 모든 식단은 의료보험 제도하에 있다. 식단 구성은 칼로리와 영양이라는 영역을 기본으로 하되, 의료보험이 허용한 비용 범위 내에서 움직이게 된다. 영양사의 일주일 식단 계획표에는 이 모든 사항을 고려해 수십 번씩 지우고 다시 쓴 메모들이 꼼꼼히 적혀 있다.

식단이 정해졌으면 이젠 음식을 제공하는 방식에 대한 고민이 시작된다. 어떤 환자는 씹지 못한다. 어떤 환자는 씹기는 하지만 넘기지를 못한다. 다른 환자는 덩어리 음식은 넘기지만 물은 넘기지 못한다. 씹지 못하는 환자를 위해서 조리사들은 모든 반찬을 가루처럼 잘게 갈아 내보내고, 그보다 씹는 기능이 회복된 이를 위해서는 중간중간 씹는 연습을 할 수 있도록 덜 다진 상태의 반찬을 제공하기도 한다. 덩어리를 못 삼키는 환자를 위해서는 넘기기 쉬운 젤리 형태의 음식만으로 식단을 만들고, 물을 마시면 자꾸 기도로 넘어가는 환자를 위해서는 물이 젤리처럼 변하게 하는 약물을 동봉한다.

짜게 먹으면 안 되는 사람, 혈당을 올리면 안 되는 사람, 짜게 먹어야만 하는 사람, 전해질 성분을 뺀 음식을 먹어야 하는 사람, 때로는 단백질이나 지방이나 섬유소조차 제한해야 하는 사람을 위한 식단도 필요하다. 매일 매 끼니를 이렇게 열심히 준비하고 각각의 환자들에게 일일이 보내지만 환자들은 그 음식을 먹으며 대개 이렇게 말하곤 한다.

"선생님도 먹어보세요. 이건 정말 맛이 없어요."

아직 끝난 것은 아니다. 죽만 먹는 환자도 있다. 하얀 쌀죽과 야채죽, 단백질이 포함된 죽을 나누어 만들어야 하고, 밥그릇 바닥이 비칠 만큼 투명한 미음도 끓여놓아야 한다. 유아식에는 아이들 마음을 풀어줄 앙증맞은 디저트가 필요할 때도 있다. 산모를 위한 미역국도 병원에서는 매일 제공된다. 잠시 쉬는 시간에는 위나 식도 수술을 해서 적은 양을 자주 먹어야 하는 환자를 위해 중간식도 준비해야 한다. 입으로 먹을 수 없다면 코에서 위로 연결된 관을 통해 액체 형태의 음식을 제공한다. 이마저도 불가능하다면 주사를 통해 영양을 공급한다.

환자들 중에는 간혹 특수식이 필요한 경우도 있다. 선천적인 소화 장애를 가진 환자나, 특정 성분을 먹으면 소화 과정 중 몸안에서 그 성분이 독소로 바뀌는 희귀병 환자가 입원하는 경우이다. 국내에서 생산되지 않는 특수 성분의 분유를 부모 대신 찾아주어야 할 때도 있고, 모든 음식을 무균 살균 과정을 거치고 또 거쳐 환자의 식탁까지 배달을 마쳐야 임무가 끝날 수도 있다.

병원의 모든 환자들을 위한 음식을 배식했다고 주방의 아침이 끝난 것은 아니다. 밤새 일한 병원 식구들, 새벽 출근한 직원을 위한 아침식사를 만들어야 한다. 그들마저 식당을 떠나고 나면 마침내 영양사와 조리사들도 아침밥을 먹으며 쉴 시간이 생긴다. 그것도 잠시. 곧 환자와 의료진과 함께 일하는 직원과 병원을 찾아올 보호자를 위한 넉넉한 양의 점심식사를 만드는 일이 다시 시작된다.

"아침식사를 드리러 병동으로 올라가는 엘리베이터를 타는데, 시신이 운구되어 내려왔어요. 병원에서 흔히 있는 일이라 무심히 생각하고 환자들께 배식을 하는데, 한 침대가 비워져 있고 매일 보던 할머님이 안 계시더라고요. 새벽에 갑자기 돌아가셨다고 다른 환자들이 알려줬죠. 엘리베이터에서 스친 시신이 그 할머니였던 거예요. 김이 모락모락 올라오는, 주인 잃은 아침식사를 멍하니 바라보다가 다시 가지고 식당으로 내려왔죠. 그 밥을 어떻게 했는지는 기억나지 않아요."

불쑥 말을 건 나에게 조리사 한 분이 들려준 이야기다. 가장 쓸쓸하지만, 가장 따뜻할 음식. 두렵지만, 희망의 방향에 놓여 있다고 믿게 하는 음식. 그 음식의 이름은 환자식이다.

매일매일이 이렇게 힘든 거야

레빈 튜브

처음 레빈 튜브•에 대해 들은 것은 초등학교도 들어가기 전이다. 밥을 잘 먹지 않고 멍하니 있는 내게 누군가가 "밥을 먹지 않으면 콧줄로 죽을 넣어 강제로 먹일 거야."라는 말을 한 적이 있었다. 공포스러웠다. 내 코를 통해 이상한 관을 넣고 죽을 먹인다니. 물론 나는 그 후에도 밥을 잘 먹지 않았다. 그렇게 시간은 금방 흘러버렸다.

의대 본과 3학년 외과 실습시간이었다. 외과 환자 중에는 수술 후 콧줄이라고 부르는 레빈 튜브를 갖고 있는 환자들이 많이 있다. 대부분 환자들은 안정될 때까지 레빈 튜브를 콧구멍으로 넣어 위(胃) 속에 삽입한 채로 다닌다. 그날의 실습 수업은 튜브 삽입에 대한 것이었다.

"실제 환자에게 삽입하는 거야?"

"마네킹 같은 것에 집어넣겠지 뭐."

우리 조원들은 강의실에 모여 떠들고 있었다.

• 비위관. 코를 통하여 위로 넣는, 고무나 플라스틱 재질의 관. 위의 내용물을 빼내거나 위에 영양을 공급하기 위하여 사용한다.

교육 담당 교수님이 오셨다. 그리고 레빈 튜브가 무엇이고 어떻게 넣는 것인지를 설명해주셨다. 어차피 시험에 안 나올 내용. 다들 한 귀로 듣고 한 귀로 흘 날렸다. 설명이 끝나고 교수님은 무작위로 한 명을 지명했다. 지목당한 친구는 앞으로 나갔고 교수님은 아주 빠르고 능숙하게 그 친구의 콧속으로 사정없이 레빈 튜브를 집어넣었다. 그 친구는 구역질을 하며 눈물, 콧물을 흘렸고 그 장면을 보던 나머지 학생들은 웃음을 터트렸다. 그때 교수님이 엄숙하게 말했다. 이건 절대로 재미있는 일이 아니라고. 그리고 둘씩 짝을 지어 실습을 시켰다.

출석 번호로 정해진 나의 상대는 여학생이었다. 5년이나 같이 의대를 다니며 볼 것 안 볼 것 다 본 사이라고 생각했지만 그래도 남의 콧구멍을, 그것도 성별상 여성인 상대의 콧구멍을 쑤셔가며 튜브를 넣는 것은 아무래도 망설여지는 일이었다. 이런 상황은 옆자리에서도, 그리고 그 옆의 옆에서도 보였다. "이건 좀…." 하는 몇 번의 손사래와 구역질 소리, 그리고 "교수님 이거 꼭 해야 해요?" 그런 질문이 계속되었다.

"하세요."

교수님의 냉정한 한마디에 우리는 투덜거리며 실습을 진행했다. 처음의 웅성거리던 분위기도 점점 잠잠해졌다. 바닥에는 눈물과 콧물과 뒤범벅된 타액이 흘러 미끈거리기 시작했다.

"웃을 일이 아니라는 것 이제 알았지?"

교수님의 말을 들으며 나도 상대의 코에 튜브를 넣었다. 그녀는 거의 울고 있었고 입가에는 침이 흘렀다. 눈 주위는 마스카라가 번져 검게 변해 있었다. 그녀의 침과 콧물이 묻은 내 손과 옷도 번들거렸다.

다음은 내 차례였다. 난 코뼈가 휘어 있다. 아주 어릴 적 코가 잘 막혀 이비인후과에서 확인해보니 한쪽 비강이 내부로 휘어 좁아져 있다고 했다. 하지만 그게 어느 쪽인지 기억나지 않았다. 나의 상대는 마스카라가 번진 충혈된 눈을 하고 한쪽 코에는 튜브를 낀 채로 내 콧구멍 안으로 튜브를 넣기 시작했다. "꿀꺽 삼키세요. 물 마시듯이 삼켜보세요." 교수님이 추천한 대사였다. 그녀의 말에 나도 레빈 튜브를 삼키려고 해보았지만 불가능했다. 아니 튜브는 입구에서부터 들어가지 않았다. 콧구멍 속을 찢는 것 같은 통증과 함께 눈물이 줄줄 흘러내렸다. 넣었다 뺀 튜브에는 피가 맺혀 나왔다. 실제로 콧구멍 속이 찢어지고 있었다. 확실히 나의 왼쪽 코뼈가 휘어있다는 것이 확인되었다.

그녀는 아주 담담하게 “이쪽으로 안 들어가네. 왜 그러지?” 혼잣말을 하며 반대 콧구멍에 튜브를 넣었다. 이번에는 코를 통해 들어간 튜브가 입으로 튀어나왔다. “잠깐만 쉬었다 하자.” 사정해도, 코피가 흘러도, 그녀는 듣지 않았다. 태어나서 처음으로 손가락이 아닌 것이 코를 통해 들어갔고 목구멍을 거쳐 식도를 통해 위까지 들어갔다. 삼켰다. 삼키고 또 삼켰다. 딱딱하지만 부드럽기도 한 특유의 촉감이 위에서도 느껴졌다.

모든 과정이 끝난 후, 우리는 서로를 보았다. 열 명 모두 콧물, 눈물, 침으로 범벅된 얼굴을 하고 튜브를 끼고 있었다. 그리고 교수님의 지시에 따라 각자의 튜브 속으로 직접 차가운 물을 주입했다. 정말 기분 나쁜 느낌의 차가운 액체가 나의 의사와 상관없이 내 몸 한가운데로 흘러 들어가는 것이 느껴졌다. 드디어 한 시간 수업이 거의 끝났다.

"콧줄 끼우기 수업 왜 한 것 같아?"

교수님의 질문에 누군가 "괴롭히려고요."라고 대답했다. 다들 고개를 끄떡였다. 정말 괴로운 한 시간이었다. 교수님은 우리를 세워둔 채 재미없는 설명을 시작하셨다.

"소화기관은 몸의 내부에 있지만 이렇게 외부 공간과 이어질 수도 있고…"

우리 코에 콧줄을 끼워놓고 왜 저런 재미없는 이야기를 하실까? 반발심이 들었다. 우리의 어수선함은 전혀 아랑곳하지 않고, 교수님은 이야기를 이어갔다.

"병원에서는 정말 많은 사람들이 이렇게 콧줄을 끼고 있어. 이것으로 밥을 먹고 물을 마시지. 힘들었지? 이런 일은 일상다반사야. 환자는 매일매일이 이렇게 힘든 거야."

환자는 매일매일 힘든 거야. 이 말이 오래 기억에 남았다. 모두 숙연해졌다. 우리는 레빈 튜브를 빼고 각자의 집으로 흩어졌다. 아무도 농담을 하지 않았다.

의사가 되고 인턴이 되었을 때 나의 주 업무 중 하나는 수많은 환자에게 아무렇지 않게 레빈 튜브를 넣는 일이었다. 밤새 반복해서 튜브를 빼는 환자에게 붙어 앉아 빠질 때마다 다시 넣기도 하고, 손가락을 입안에 넣어 레빈 튜브를 밀어 넣다가 피가 날 정도로 세게 물리기도 했다. 그리고 그럴 때마다 내 좁아진 비강을 통해 무리하게 들어오던 레빈 튜브의 느낌이 선명히 떠올랐다.

오늘 문득 중환자실에서 고생하고 있는 환자를 보다가 그때 교수님이 수업 마지막에 덧붙였던 말을 다시 생각해보았다.

"환자는 이런 상황이 매일매일이거든."

매일매일 있는 일, 일상다반사, 차 마시는 일이나 밥 먹는 일과 같이 일상적이고 예사로운 일들. 환자에게는 레빈 튜브를 달고 하루를 보내는 일.

미음의 마음

미음

가뜩이나 구역질이 나서 죽겠는데 미음이 너무 맛이 없어 토할 것 같다고, 환자가 내게 하소연했다. 환자 앞에는 간장 종지만 한 작은 스테인리스 그릇이 놓여 있었다. 나는 그것을 물끄러미 바라보았다. 식어버린 미음에 숟가락 자국이 옅게 남아 있었다.

내가 처음 입원을 한 것은 중학교 2학년 겨울방학 마지막 날이었다. 방학 숙제를 하지 않아 한바탕 엄마에게 혼난 오후였다. 점심밥을 대충 먹고 밀린 방학 숙제를 하고 있었다. 살짝 배가 고팠다. 이미 숙제를 다 했지만 덩달아 혼나서 입이 나와 있던 여동생에게 떡볶이가 먹고 싶지 않느냐고 물었다. 여동생이 고개를 끄덕였다. 나는 떡볶이를 만들기로 했다. 사실 배가 고팠다기보다는 방학 숙제 하는 게 지겨워졌기 때문이었다. 냉장고를 뒤져 떡볶이 떡과 고추장과 어묵 쪼가리 몇 개도 찾아냈다.

문제는 설탕이었다. 양념통에 설탕이 없었다. 부엌 찬장을 아무리 뒤져도 설탕은 없었다. 엄마에게 물어보면 숙제 아직 다 못한 것을 들킬 것 같아 묻지 않았다. 찬장을 뒤지고 뒤지다 의자를 놓고 올라가야 하는 제일 위 칸 한구석에서 하얀 가루를 발견했다. 나는 설탕으로 추정되는 물질을 한 숟갈 두 숟갈 가득 떠서 떡볶이에 넣었다. 유난히 맵고 달콤하지 않은 떡볶이를 먹었다.

엄마는 한참 후 부엌에서 무엇인가를 먹고 있는 우리를 보았다. “방학 숙제는 다 했지?” 그러다 갑자기 집에 설탕이 없는데 어떻게 떡볶이를 만들었느냐고 물었다. 나는 부엌 창고에서 찾아낸, 설탕 추정 물질을 보여드렸다. 그 순간 엄마의 동공이 확장되었다. 엄마는 나와 여동생을 옆구리에 끼고 응급실로 달렸다. 우리가 떡볶이에 넣어서 맛있게 먹은 것은 설탕이 아니라 바퀴벌레 퇴치용으로 유행하던 ‘붕산’이었다. 아주 가끔 부엌에 출현하는 바퀴벌레를 잡기 위해 엄마는 붕산을 손에 닿지 않는 부엌 찬장의 제일 꼭대기 가장 구석에 숨겨놓았고, 나는 그것을 귀신같이 찾아내 떡볶이에 넣고 맛있게 먹었던 것이다.

입원을 했다. 나는 화장실에 가서 음식을 게워냈다. 무섭게 생긴 선생님들이 왔다갔다하며, 위 세

척을 해야 할지 결정하자고 했다. 지나가는 의료진이 나와 내 동생을 쳐다볼 때마다 "재네들 떡볶이에 붕산 넣어 먹은 애들이래." 수군대는 소리가 들렸다. 어떤 선생님은 하얀 종이 위에 우리가 넣었던 양의 대여섯 배 이상 되는 흰 가루를 가져왔다. "너희 이만큼을 먹지는 않았지?" 이만큼이면 치사량이라고 했다.

치사량. 먹으면 죽는 양. 내가 볼 때 우리가 먹은 양은 그 10분의 1도 되지 않았지만 '죽는 양'이라는 말에 동생은 울기 시작했다. 나는 큰 죄를 지은 것 같아 고개만 푹 숙였다.

다행히 위 세척까지는 하지 않아도 되었다. 우리는 며칠간 수액을 맞으며 증상을 관찰당했다. 하루가 지나도 이틀이 지나도 엄마는 우리 옆에 함께 있어주었다. 다행히 상황은 더 심각해지지 않았다. 다만 복도를 걸을 때마다 다른 환자와 의료진이 "떡볶이." "떡볶이." 하며 놀리는 소리를 들어야 했다.

며칠을 굶은 후 처음 다시 먹게 된 것이 미음이었다. 내 앞에 놓인 식판에는, 옛날 문풍지를 붙일

때 발랐을 것 같은 흰 풀죽이 작디작은 그릇 밑바닥에 깔려 있었다. 한 숟갈 떠 입안에 넣었다. 곧 미세한 쌀 냄새가 올라왔고 구역질이 치밀었다. 붕산 때문인지 미음의 낯선 느낌 때문인지는 알 수 없었지만, 아무튼 쉽게 목구멍으로 넘길 수 없었다. 음식 같지 않았다. 맛없어서 도저히 못 먹겠다고 했더니 의료진은 "그럼 떡볶이 먹을래?" 하면서 또 놀렸다. 놀림받기 싫어 미음을 끝까지 떠서 삼켰다.

하루 미음을 먹다가, 다음 날부터는 죽을 먹었고, 곧 밥을 먹게 되었다. 그리고 퇴원했다. 마지막 먹었던 병원 밥은 정말 맛있었다. 며칠을 굶었기 때문인지 아니면 마법이 일어나 별안간 쌀의 탄수화물이 단당류와 다당류로 급격하게 변환되었기 때문인지, 밥알 한 알 한 알이 달콤하게 느껴졌다.

퇴원 다음 날 나는 학교에 갔고 친구들에게는 몸이 조금 아팠다고만 이야기했다. 떡볶이에 붕산을 넣어 먹는 바람에 입원했다고 말하기는 조금 창피했기 때문이었다. 무엇보다 입원의 가장 큰 성과는 방학 숙제를 다 하지 못한 것을 선생님이 그냥 넘어가 준 것이었다.

나는 떡볶이를 정말 좋아한다. 병원 식당에서 떡볶이가 나오면 왠지 복권에 당첨된 느낌이다. 지금도 집에서 자주 만들어 먹곤 한다. 다만 설탕을 넣을 때는 설탕 통을 확인하고 또 확인한다. 그날 이후부터.

수술을 받은 환자들은 여러 이유로 미음을 먹는다. 환자들은 대체로 미음을 싫어한다. 맛이 없다고 말한다. 그래도 나는 환자들에게 천천히 끝까지 드셔보시라고 말씀드린다. 미음을 먹고, 죽을 먹고, 밥을 먹다 보면, 밥이 달콤하게 느껴지는 순간이 분명 올 것이다.

많은 환자들이 퇴원할 때쯤 이런 말을 한다. "처음에는 미음도 못 먹었는데…." 이제 입맛이 돈다는 것이다. 어떤 일이나 시작이 있다. 미음은 건강한 미래를 향한 작은 시작이다. 미음의 마음은 환자들의 미래를 지켜주는 작은 용기다.

가장 맛있게 밥을 먹는 사람

유동식

의사가 되었다. 그땐 모두 나를 '인턴 선생님'이라고 불렀다. 병원의 공기에 조금 익숙해졌지만 내가 할 수 있는 일은 별로 없었다. 주로 하는 일은 전공의가 지시하는 대로 새벽에 일어나 채혈을 하고, 수술장에 들어가 누군가 시키는 대로 기구를 당기고, 환자 침대를 끌고, 엘리베이터를 잡고, 문을 열고 하는 그런 것들이었다. 의사라기보다는 병원의 잡일을 하는 '의사면허 소지 노역자'가 나의 역할이었다.

환자는 예순이 거의 다 된 날카로운 얼굴의 여자였다. 허리를 다쳐 응급실에 왔고 수술을 고민하는 상태였다. 그런데 복잡한 문제는 다른 곳에 있었다. 그녀는 음식을 전혀 삼키지 못했다. 복부에 구멍을 뚫어 직접 위로 유동식을 집어넣는 방식으로 영양을 공급받고 있었다. 물론 학생 때 영양 공급의 한 형태라고 배우기는 했지만 낯설었다. 담당 전공의는 당황하는 내게 지시했다.

"인턴 선생, 아무것도 하지 말고 영양관 주변 소독만 해."

환자는 인상만큼이나 날카로운 사람이었다. 처음 소독을 하러 왔다고 하니까 나를 위아래로 살펴보더니 쏘아붙였다.

“점심식사 아직 시작도 안 했어요. 끝나면 다시 오세요.”

나는 사무적으로 대꾸하고는 당직실로 돌아갔다. 그런데 그녀의 침대 앞에 점심 식판이 놓여 있던 것이 떠올랐다. 복부에 구멍을 뚫고 관으로 영양을 공급하는 환자는 캔으로 된 유동식을 주입할 텐데, 그녀의 침대에 놓여 있던 건 국과 반찬 그리고 밥으로 이루어진 일반식 식판이었다.

‘먹지도 못할 식사를 왜 받아놓지?’

그러나 인턴은 생각하는 존재가 아니다. 너무 많은 생각을 하면, 인턴의 내공은 무너지고 여기저기서 ‘일’이 날아오게 마련이다. 수술실에서 연락이 왔고, 여러 병동에서 수배하듯 나를 찾았다. 응급실 긴급 호출로 몇 번을 뛰어내려간 후 다시 수술실로 들어가길 반복했다. 그녀에게는 저녁시간이 훌쩍 지난 후 찾아갔다.

환자는 아주 일관되게 까다로웠다. 저녁 9시가

넘은 시간에 찾아와 소독을 하겠다는 나에게 늦게 온 것이 불편하다고 했다. 이윽고 한쪽 눈으로 흘겨보더니 "인턴 선생은 이런 것 처음 볼 텐데." 하면서 그녀는 배의 상처 부위를 열어 보여주었다. 분명 그녀는 나를 '인턴 선생'이라고 불렀다. 나는 실습 나온 학생처럼 얼이 빠진 채 있었다.

그녀의 앙상한 배에는 커다란 반창고가 붙어 있었다. 그 반창고를 열자 복부에 지름이 2cm는 족히 넘어 보이는 큰 구멍이 뚫려 있었다. 처음 보았다. 그런 상처를 본 적이 있을 리 없었다. 정신을 똑바로 차리고 소독을 했다. 그 구멍에는 분명 의료용인지 의심스러운 실리콘 튜브가 꽂혀 있었고 뚜껑이 덮여 있었다. 그녀는 아무렇지도 않은 목소리로 그 주변을 잘 소독해달라고 했다. 구멍 주변에는 반쯤 삭은 것 같은 밥풀이 붙어 있었고 피부는 검붉게 변해 있었다.

나는 아무렇지도 않은 듯 이런 일은 많이 보아 왔으며 매우 노련하다는 듯 최대한 능숙해 보이도록 소독을 하고, 숙소로 돌아와 다급히 동료 인턴들에게 물었다. 인터넷도 뒤져보았고 책도 찾아보았다.

어디에도 영양 공급을 위해 배에 그렇게 큰 구멍을 뚫어놓는다는 문헌은 없었다. 내가 여기저기 검색을 통해서 찾아본 사진 속 영양관의 직경은 기껏해야 1cm 미만이었다.

궁금함을 꾹 참고 며칠간 그녀를 찾아가 하루에 한 번씩 영양관 주변을 소독했다. 관 주변과 피부 사이가 벗겨져 무척 쓰라릴 것 같았다. 아프지 않냐는 나의 말에 그녀는 평생 이렇게 살아서 괜찮다고 하며 웃었다.

그렇게 거의 보름이 지나고 우리가 가끔 사적인 이야기를 하고 농담도 주고받게 되었을 때, 그녀는 자신의 이야기를 들려주었다. 기억도 나지 않는 아주 옛날에 무엇인가를 들이마셨고 그때 식도가 다 타버렸는지 음식을 삼키지 못하게 되었다는 것이었다. 나는 그냥 고개만 끄덕여가며 한참 동안 그녀의 이야기를 들었다. "가족 없이 혼자 살게 되었지."라고 그녀는 아주 건조하게 이야기를 끝맺었다. 그 후부터 배의 구멍으로 영양을 공급하면서 살고 있다고 했다.

나는 그녀가 어떤 방법으로 식사를 하는지 알고 싶었고 용기를 내서 물었다. 그녀는 나의 질문에 웃는 것도 무표정한 것도 아닌 애매한 얼굴을 하고 작은 나무상자를 꺼내어 열어 보였다. 한쪽 끝에는 실리콘 깔때기가 달린 유리 대롱이 잘 씻은 후 건조된 채 들어 있었다. 유리 끝은 매우 부드럽게 처리되어 있었다.

"내가 먹는 것을 좋아해서. 직접 만들었죠."

거짓말 같은 이야기였다. 수십 년 전부터 한참을 배의 구멍으로 유동식만 공급하며 살던 그녀였다. 그녀는 어느 날 너무나 밥이 먹고 싶어서 밥을 삼켰고 그날 밤, 가슴이 터질 것 같은 통증에 응급실로 실려 가 바로 중환자실에 입원했다고 했다. 그리고 화가 잔뜩 난 젊은 의사로부터 "음식물이 망가진 식도로 터져 나와 가슴과 배 안쪽이 모두 감염되었으니 이제 곧 돌아가실 것이고, 이번에 어쩌다 살아난다면 다시는 입으로 음식을 집어넣으면 안 된다."는 말을 들었다고 했다.

그녀는 중환자실에서 울다가 지쳐 잠들고 깊고 어두운 잠의 끝에서 깨어나는 몇 달을 보냈다. 영원히 병원을 떠나지 못할 것 같았지만 젊은 의사의 말처럼 어쩌다 살아나서 퇴원을 하게 되었다. 퇴원해서는 유동식을 배의 관으로 집어넣으며 겨우 버티고 살았다.

문득 어느 날, 밥 냄새를 맡고 너무나 먹고 싶어서 곱게 쌀밥을 짓고, 밥을 입안에 넣고 한참을 씹다가 뱉어버렸다. 다음에는 김치를, 그다음에는 고기를 구워 씹고 뱉었다. 입안으로 음식이 들어오는 것이 행복했고, 세상의 모든 음식이 너무나 맛이 있었다. 그래서 매일 정성껏 요리를 하고, 열심히 씹고, 뱉었다. 의사의 말과는 달리 입에 음식을 넣었지만 아프지 않았다. 어느 날은 뱉은 음식을 모아 영양관으로 주입해보았다. 아무 이상이 없었다. 환자는 더 이상 의사의 말을 듣지 않고 그가 선택한 유동식이 아닌 요리한 음식을 영양관을 통해 주입해 먹으며 살았다.

빨리 먹고 싶은 욕심도 생겨 배의 구멍을 조금씩 늘렸다. 그러다 보니 지금처럼 커져버렸다. 감염을 막기 위해 그 구멍에 맞는 실리콘 마개를 구했고, 음식물을 효과적으로 넣기 위해 깔때기 모양의 실리콘 유리 대롱을 직접 만들었다. 그녀는 매일 요리를 했고 매 끼를 입에 넣고 오물오물 씹은 후 음식을 모아 깔때기 대롱으로 직접 집어넣었다.

그렇게 음식을 맛있게 먹으며 세월을 보냈단다. 말을 마치고는 사과를 세상에서 가장 맛있게 꼭꼭 씹은 후 유리 대롱을 통해 배의 구멍에 집어넣었다. 내게도 함께 먹지 않겠냐고 물었다. 내가 그 사과를 먹었는지 먹지 않았는지는 기억이 나지 않지만.

"왜? 이상해요? 사람이 먹는 게? 인턴 선생님? 그래도 아주 맛있어요."

그녀의 말이 어디까지 사실인지, 또 그런 과정에서 의료진의 어떤 도움이 있었는지는 알 수 없었다. 그 순간 나의 역할은 그저 듣는 사람이었다.

그녀는 한 달가량 병원에 있었고, 그녀와 나는 꽤 친밀해졌다. 가끔은 그녀의 휠체어를 밀고 산책도 함께 했다. 나는 그녀의 복부 영양관 주변을 열심히 소독해주었고, 그녀는 내 앞에서 여러 번 밥을 먹었다. 그녀에게는 음식을 씹고 맛을 음미하는 행동이 아주 소중해 보였다. 내가 그 과의 인턴 업무가 끝나 다른 과로 떠나고 한참 후, 그녀가 퇴원한다는 소식을 들었다. 퇴원하는 날, 나는 엘리베이터 앞까지 그녀를 배웅을 할 수 있었다.

"또 만나요, 인턴 선생님."

우리는 분명 그렇게 인사했지만 한 번도 다시 만난 적은 없다. 그녀가 그 후 어떤 인생을 사는지 나는 모른다. 하지만 맛있게 음식을 먹는 것이 소원이었다던 그녀의 말은 오랫동안 기억에 남아 있다.

그녀는 내가 아는 한 가장 맛있게 밥을 먹는 사람이었다.

몰래의 의미

금식

전공의 1년 차, 일흔이 다 된 남자 환자는 일주일 전에 폐암 진단을 받고 입원한 터였다. 곧 수술을 받아야 했지만 환자는 본인이 왜 수술을 받아야 하는지 잘 모르겠다고 했다. 한참 폐암에 관해서 설명해도, 서울이 낯설고 병원이 불편하다며 집에 가겠다는 말만 되풀이했다.

수술 전날 동의서를 받았다. 밤 12시가 거의 다 된 시간이었다. 거의 한 시간 동안 나는 병에 대해 알고 있는 모든 이야기를 해드렸다. 병의 예후, 통증의 정도, 주의해야 할 사항 등. 환자와 보호자들은 오히려 피곤해 보이는 나를 걱정했다.

"알아들었으니까 전공의 선생님 빨리 자요. 내일 우리 아버지 수술하셔야 하잖아요."

그 말을 들으며 나는 그들이 동의서에 사인하는 것을 지켜보았다. 사실 전공의 1년 차가 수술실에서 할 수 있는 것은 수술 보조의 보조와 피부 봉합뿐인데. 전공의 1년 차도 의사로 존중해주시고 부족한 잠까지 걱정해주시는 마음이 고마웠다. 최선을 다하겠다는 말을 하고 한마디를 더 했다.

"저희가 드셔도 된다고 할 때까지 음식 드리지 마세요. 물도요…."

수술은 평온했다. 폐암 덩이는 생각보다 크지 않았고 진행도 많이 되지 않았다. 나는 피부 봉합이라도 최선을 다해 마무리를 지었다. 중환자실에서 하루를 보낸 후 환자는 병실로 올라가게 되었다. 밤 9시가 넘어 환자가 2인실 병실로 도착했다는 연락이 왔다. 병동에 가서 환자를 만났다. 환자는 수술 부위가 아프다고 했지만, 암이 많이 퍼지지 않았던 것 같다는 말에 고맙다고 말씀하셨다. 진통제 드릴 테니 주무시라고 말씀드리고 주의사항을 전했다.

환자의 방을 나서려고 할 때, 보호자인 할머니가 하실 말씀이 있는 것처럼 우물거리다가 말을 삼키셨다. 할머니의 우물거리는 입을 보며 나는 한 번 더 금식을 당부하면서 방을 나왔다. 밤 11시가 넘은 시간이었다.

그날 새벽을 나는 지금도 잊지 못한다. 늘 그렇듯 당직실 전화가 요란히 울렸다. 전화 너머 목소리의 대사는 간단하고 명료했다.

"오늘 환자 나빠요. 오세요. 지금."

병동으로 뛰어갔다. 간호사가 말한 오늘 환자는 바로 그 폐암 수술 환자였다. 산소포화도는 70%밖에 되지 않았고 혈압도 형편없었다. 불과 두세 시간 전만 해도 멀쩡하던 분이었는데. 이해가 되지 않는 상황이었다. 할머니는 눈만 동그랗게 뜨고 떨고 있었다. 지체할 수 없었다. 곧 산소포화도 저하로 심장이 멎을 것 같았다. 먼저 기도 삽관을 했다. 기도에 꽂힌 호흡기 튜브에서 주황빛을 띤 노란색의 끈끈한 액체가 줄줄 흘러나왔다. 아니 정확하게 콸콸 뿜어져 나왔다. 혹시 호흡기 튜브가 잘못해서 식도로 들어간 건 아닌가 해서 청진을 해보았다. 기도에 잘 들어가 있었다. 튜브를 통해 흘러나오는 노란 액체를 수십 번 뽑아냈다. 산소포화도가 조금씩 올라갔고, 노란 액체 사이에 흰색 불순물도, 초록색 오이 조각 같은 것도 함께 나왔다. 음식물이 폐로 넘어갔구나. 모든 것이 명확해졌다. 막막했다.

분명 아무것도 드시지 말라고 말씀드렸는데. 환자가 혹시 뭔가 드셨냐고 할머니에게 물었다. 할머니는 벌벌 떨며 "네."라고 대답하셨다. 할머니는 수술받은 할아버지를 위해 늙은 호박과 찹쌀로 직접 호박죽을 쑤었다. 호박죽만 드시게 한 것이 아니다. 물을 잘못 넘기면 기도로 넘어간다는 내 설명을 듣고 물 대신 오이를 잘라서 입에 넣어주었다. 할머니의 말을 듣던 의료진은 "아!" 하는 낮은 탄식을 낼 수밖에 없었다.

중환자실에 자리를 만들어 내려갔다. 나는 기관지 내시경을 가져다 폐 내부를 보았다. 폐 안쪽에 아직도 노란 호박죽이 보였고, 군데군데 녹색 오이 껍질도 있었다. 밤새 씻어내고 가래를 배출시키고 환자 옆에 붙어 아침을 맞았다. 중환자실 밖에 놀란 환자의 자녀들이 도착했고, 나는 폐로 음식이 넘어갔다고만 말씀드렸다. 아침이 됐다. 환자는 깨어났지만 좋은 상태는 아니었다.

다음 날 아침 나는 교수님의 호출을 받았다. 금식인 환자가 왜 호박죽을 먹었는지에 대해 설명할 수 없었다. 이미 교수님도 보호자가 몰래 호박죽을 먹였다는 것은 알고 계셨다. 그보다 중요한 것은 담당 의사가 보호자의 '몰래'를 예상하고 대처하지 못했다는 사실이었다. 그것이 내가 혼난 이유였고 또한 내 책임이었다. 할머니는 눈물을 멈추지 못했다. 이렇게 될지 정말 몰랐다고 미안하다고 했다. 오래 굶은 할아버지가 너무 안쓰러웠다고, 그날 밤 병실로 찾아온 내게 호박죽 정도는 괜찮지 않냐고 물어보려다 안 된다고 할 것 같아 몰래 주었다고 했다. 보호자가 미안해할 문제는 아니었다.

환자는 중환자실에서 한참 동안 치료를 받았다. 한참이 더 지나고 또 지난 후에야 병동으로 올라갈 수 있었다. 병동에 올라가던 날, 그사이 수십 년은 더 늙어버린 것 같은 할머니가 꿈을 꾸는 듯한 표정을 짓다가 말라붙어버린 할아버지의 발목을 잡고 눈물을 흘렸다. 아무 말도 하지 않았다. 그저 울기만 하셨다.

나는 지금까지 수도 없이 많은 흡인성 폐렴 환자를 만났다. 모든 환자에게 "그 어떤 음식도 절대 드시면 안 됩니다." 당부하고 주의를 주지만, 1년에 한두 번은 비슷한 일이 생기고 만다. 자책하고 고민한다. 나는 왜 아직도 '몰래'를 해결하지 못하는지.

지금도 가끔 기관지 내시경을 통해 노랗게 변색된 폐 내부를 보는 꿈을 꾼다. 그리고 현실에서 샛노란 호박죽을 볼 때면 후회를 바탕으로 한 헛된 가정이 머릿속을 맴돈다.

만약 내가 그때 한 번만 더 환자에게 갔더라면, 무엇인가 물어보려는 할머니께 왜 그러시냐고 다시 확인했더라면, 동의서 받을 때 한 번 더 잔소리를 드렸더라면, 할아버지를 안쓰러워하는 할머니의 마음을 내가 눈치챘더라면.

마음이 모이고 모이면

사식

H 선생님께서 편찮으시다는 소식은 오래전부터 들었다. 사실 누구에게 들었는지는 불분명하다. 너무나 많은 사람들이 선생님에 관한 걱정 어린 이야기를 했고 나도 여기저기서 듣다 보니 자연스럽게 알게 되었을 뿐이었다. 일면식도 없지만 그분이 아프다는 사실, 그리고 그 병세가 심상치 않다는 말에 괜히 가슴이 저렸다. 의식하지 않으려고 해도 여기저기에서 인용되는 선생님의 글들을 보면서, 아프신 중에도 세상에 용기를 주려는 마음이 읽혀 혼자 먹먹해지기도 했다. 선생님의 쾌유를 마음 한구석에서 조용히 빌었다.

어느 날 선생님과 가까운, 아내의 선배 L 누나가 아내에게 연락을 해왔다. 선생님께서 입원을 하셨는데, 음식을 전혀 못 드신다는 걱정 때문이었다. '혹시'로 시작된 말의 끝은 사식을 드셔도 괜찮겠냐는 아주 조심스러운 질문이었다. L의 말을 전하며 아내는 내게 전화를 바꿔주었다.

'그 병원 담당 교수님이 있을 텐데….'

잠깐 사무적으로 생각을 하다가 자세를 고쳐 앉았다.

상황은 꽤 복잡한 것 같았다. 담당 의사는 잘 드셔야 한다고 말하면서도 웬만하면 병원 식사를 드시라고 했다는데, 정작 선생님께서는 병원 음식을 잘 드시지 못했다. 주변 사람들은 그 상황이 몹시 안타까울 수밖에 없었다. 혹시 평소 좋아하셨던 음식을 드시면 정말 기적처럼 입맛이 돌아오거나 아주 조금이라도 건강이 좋아지지 않을까 하는 희망과, 혹시 담당 의사의 소견처럼 바깥 음식을 드시고 잘못되면 어쩌지 하는 불안이 L 누나의 목소리에서 동시에 느껴졌다.

내 분야와는 다르지만, 그래도 최선을 다해 내가 아는 의학 상식 내에서 대답하고 싶었다. 비교적 상세히 선생님의 상태에 대하여 설명을 들었다. 잘 모르는 어른이지만 전해 들은 그 이야기만으로도 H 선생님은 강인하고 훌륭하게 병을 이겨내고 계시는 듯했다. 조금 안심이 되면서도 더욱 마음이 아팠다. 정말 궁금해서 L 누나에게 물어보았다. 어떤 음식을 드시게 하고 싶은지를. 혹시 환자에 오히려 해를 주는 이상한 보양식이 아닐까 하는 의사로서의 노파심 때문이었다.

"냉면."

그들이 선생님께 만들어드리고 싶고 선생님이 드시고 싶은 음식은, 다름 아닌 냉면이었다. 음식을 잘 아는 지인들이 직접 면을 뽑아 요리해드리고 싶어 한다고 했다. 순간, 이상하게 울컥했다. 병원에서는 구할 수 없는 음식, 건강해지시면 친한 사람들과 농담을 하며 휘휘 걸어가 먹어야 할 것 같은 음식. 아무것도 할 수 없지만 아주 작은 부분이라도 돕고 싶은 그들의 간절함이 느껴졌다. 어쩌면 한 젓가락밖에 드시지 못할지라도, 혹시 선생님의 입맛을 찾게 해주는 기적이 일어날지도 모른다는 기대가 느껴졌다.

"오히려 음식 잘 못 드시고 악영향을 줄까 봐 담당 의사가 의견을 말했을 텐데 담당의의 말을 듣는 것이 좋지 않을까요…."

의사의 화법으로 말을 꺼내다가 생각을 바꿨다.

"생각해보면 드시는 것이 큰 해가 되지 않을 것 같기는 해요. 조심스럽게 드시는 것도 나쁘지 않을 것 같은데. 내 환자라면 계속 사식을 드신다는 게 아니니까 한 번은 드시게 할 것 같은데…요. 다시 담당 의사하고 상의하시면 아마 드시라고 할 거예요, 그 정도는….”이라고 한참 빙빙 돌려, 사식에 찬성한다는 말을 했다.

시간이 한참 지났다. 나는 아내를 통해서 정말 그들이 면을 뽑아서 평양식 냉면을 만들어드렸다는 이야기를 들었다. 그리고 선생님은 그 냉면을 상당히 맛있게 드셨다고 했다. 정말 다행이었다. 사랑하는 사람들이 직접 만든 냉면을 병원에서 먹었다는 이야기만으로도 감동적이었다.

그로부터 한참 후 여름이 깊어갈 무렵, 선생님의 부고를 들었다. 선생님께서 세상에 남기신 글들을 다시 한번 읽었다. 냉면을 드시게 하고 싶다고 연락이 왔던 그때가 생각났다. 병원에서는 쉽게 먹을 수 없는 맛, 병원 밖의 그리운 맛, 냉면의 맛이었다.

- 국립국어원 표준국어대사전에서 '사식'이란 교도소나 유치장에 갇힌 사람에게 사사로이 마련하여 들여보내는 음식이라고 되어 있다. 하지만 병원에서도 외부 음식을 사식이라고 부른다. '사사로이' 들여보내는 '음식'이기 때문이다. 그래도 그렇게 부르지 않았으면 좋겠다. 환자들이 죄를 지은 것도 아니고, 우리는 언젠가 모두 환자가 될 테니까. 그리고 병원의 '사식'은 서로의 마음을 모은 음식이니까.

개와 늑대의 시간

약

코로나19 백신을 맞았다. 2차 접종이었다. 30분 간 대기하다 집으로 돌아왔다. 1차 접종 때는 열이 많이 올랐고 몸살 기운도 심했다. 다시 며칠 동안 열이 나고 몸이 쑤셔오겠지. 백신 부작용, 약물 부작용에 대해 많은 사람들이 물어온다. 나는 위험하지만 안전하다고 대답한다. 사실 모든 약은 독이다. 안전하고 위험하다.

그는 심장 수술을 하고 퇴원을 앞둔 환자였다. 처음에는 울긋불긋한 발진이 있었다. 가렵다고 했다. 발진은 온몸으로 번져갔고 며칠 지나자 모든 피부가 벗겨졌다. 전신에서 진물이 흘렀다. 환자는 극심한 통증을 호소했다. 환자는 중환자실의 무균실로 이송됐다. 나는 피부가 벗겨진 자리가 마르거나 감염되지 않게 하루에도 몇 차례 드레싱을 했고, 괴사했거나 염증이 찬 부위를 제거했다. 환자는 종일 비명을 질렀다. 숨을 쉴 때마다 피부가 갈라졌고 피가 흘렀다.

이 병의 이름은 스티븐 존슨 증후군이다. 놀랍게도 원인은 '약'이다. 거의 모든 약물이 원인이 된다. 처음에는 '기껏해야 피부병'이라고 생각한다. 탈락하는 피부가 배달 음식 그릇을 덮는 비닐랩보다 얇은 정도라 대수롭지 않겠거니 짐작한다. 그러나 곧 피부 밑의 살점이 뜯겨나가는 고통스러운 병이다. 나는 그 환자에게 투여하던 모든 약을 끊었다.

병의 기전은 대략 이렇다. 특정 약이 알 수 없는 이유로 면역 체계를 과도하게 활성화시키고 활성화된 면역 체계는 자기 몸의 피부를 공격한다. 그리고 몸의 방어막이 깨진 상태로 균들이 침범한다. 이해되지 않는 상황이지만 세상에는 이해할 수 없는 일이 보편적으로 발생한다. 내가 할 수 있었던 일은 더 이상의 진행을 막는 방법뿐이었다. 그것은 의외로 단순하지만 어렵다. 쉴 새 없이 소독하고 환자를 지켜주는 것. 몇 안 되는 아군이라고 믿었던 약의 처절한 배신 속에서, 미력하나마 '의료진'이 옆에 있다는 것은 유일한 희망이 된다.

그는 퇴원했다. 몇 달이 지난 후였다. 다행히 부작용은 남지 않았다. 외래 진료실에서 만난 그는 고개를 절레절레 흔들었다. 끔찍한 시간이었다고 했다. 심장 수술보다 그때가 몇백 배는 힘들었다고 했다. 처음 피부가 허물 벗듯 벗겨질 때는 너무 황당해서 웃음만 나왔고, 온몸의 피부가 벗겨져 외모가 무섭게 변해버린 자신을 보는 것이 두려웠다고 했다. 자신을 보고 놀라는 사람들의 시선이 낯설어 외로웠고, 통증이 시작된 후에는 외로움이나 황당함을 느낄 틈도 없이 차라리 죽는 편이 낫겠다 싶은 고통이 24시간 계속됐다고 했다. 그리고 좋은 치료약이 없느냐고 물었을 때, 이 병의 원인은 약이라고 설명하는 나의 대답을 들으면서 터무니없는 배신감도 느꼈다고 했다.

우리는 태어나는 순간부터 항상 자신이 아닌 적들과 싸우며 살아간다. 물론 언제나 마지막 순간 그들에게 패배하며 삶을 마무리한다. 그 적이 바이러스든 병균이든 기생충이라고 불리는 것이든 적과의 싸움과 최후의 패배는 우리의 숙명이다. 약은 그 싸움에서 우리와 함께 싸워주는 몇 안 되는 유능한 친구이다.

하지만, 적과 친구의 경계는 때로는 분명하지 않다. 밤새 광야를 헤매던 환자가 지쳐 쓰러져버린 후 동이 틀 무렵 개와 늑대의 시간이 온다. 환자를 향해 다가오는 어렴풋한 그림자의 정체가 환자를 도와주러 온 구조견인지 환자를 물어뜯을 늑대인지는 바로 곁으로 다가올 때까지 아무도 알 수 없다. 손을 내미는 순간, 운명은 결정된다. 개인지 늑대인지를 미리 예측할 방법은 없다.

병원에서도 개와 늑대의 시간이 약과 환자와 의료진 사이에서 펼쳐진다. 뾰족한 방법은 없다. 그 시간이 다가오면 환자보다 앞서 의료진이 그림자를 향해 뛰어가 손을 내밀어 구별하고 대신 싸워주는 것뿐.

대부분의 약은 좋은 친구다. 약을 출시하기 전 제약회사들은 수많은 임상 실험을 한다. 출시한 후에도 약의 배신의 기록을 모아 차곡차곡 분석한다. 새로운 배신의 역사는 전 세계가 공유한다. 착하기만 한 약은 없지만 착하지 않은 약도 없다. 의료진의 역할은 환자를 개와 늑대의 시간이 펼쳐진 광야에 방치하지 않는 일이다. 그래도 그때 중환자실에서 같이 있어주어서 고마웠다고, 외래를 나서면서 그 환자가 인사했다.

겨울 딸기는 슬프다

생식

며칠 전 누나에게서 갑자기 연락이 왔다.

"아빠 돌아가시기 전에 딸기를 드셨으면 안 됐을까?"

누나는 그해 겨울 이야기를 꺼냈다. 아버지가 살아 계시던 마지막 겨울, 외국에 살던 조카가 귀국해 아버지와 일주일을 함께 보냈던 때였다. 딸기가 없는 나라에서 지내던 조카는 딸기를 몹시 먹고 싶었지만, 혹시 항암 치료 중인 할아버지에게 방해가 될까 싶어 말도 못 꺼내고 일주일을 보냈다고 한다. 다시 공부하던 나라로 돌아가기 전날 밤, 딸기를 좋아하는 손녀가 마음에 걸린 할머니가 할아버지 몰래 딸기를 씻어 모두가 잠든 어두컴컴한 부엌 바닥에 앉아 손녀의 입에 넣어주셨다는 이야기. 아버지가 보고 싶어졌다.

처음 아버지의 폐암을 의심한 것은 나였다. 기침을 많이 하면서도 수십 년 피워온 담배를 끊지 않으셔서, 반강제로 폐 CT 검사를 했다. 첫 영상을 찍은 날, 의심할 만한 아주 작은 병변을, 몇 번이나 보고 또 보았다. 아버지는 그날로 담배를 끊었다. 하지만 작았던 병변은 몇 년 후 커다란 암으로 변해버렸다. 나의 스승님들이 아버지의 수술을 해주셨고, 바로 항암 치료를 시작하게 되었다. 아버지는 순식간에 환자가 되어버렸다. 4주에서 6주 간격으로 여섯 사이클. 아버지가 극복해야 할, 아니 온 가족이 함께 극복해야 할 항암 치료의 여정이었다.

"6개월 넘게 걸릴 것이고요. 항암 치료할 때는 생식을 하시면 위험합니다."

담당 전공의의 설명을 들으며 주의사항의 '생식'이라는 단어를 곱씹었다. 무슨 의미인지 도대체 이해가 되지 않았다. 생식을 하지 말라는 의미가 생선회만 안 되는 것인지, 육회를 먹지 말라는 것인지, 생과일을 먹으면 안 되는 것인지, 아니면 껍질을 벗긴 과일은 문제가 없는 것인지, 김치도 생식에 들어가는지, 모두 혼란스러웠다. 명색이 나도 의사고 환자들에게 생식을 하지 말라고 하곤 했지만, 그 뜻을 정확하게 알 수 없었다. 구글링도 하고 지식인에도 물어보았다. 하지만 다들 대답이 달랐다. 그저 충분한 영양을 골고루 섭취하되 되도록이면 생식을 하지 않는 선에서 음식을 조절하라는 애매한 답만 있을 뿐이었다. 결국 날고기와 흙에서 바로 나온 과일은 먹지 말자고 가족끼리 약속했다. 그 원칙을 지키며, 여섯 사이클의 항암 치료를 아버지는 무사히 끝내셨다. 그 시간은 정말 두렵고 지루했다.

아버지는 원래 모든 음식을 다 좋아하는 분이었다. 눈앞의 음식을 항상 기분 좋게 맛있게 드셨는데, 생선회와 중국음식을 특별히 좋아하셨다. 아버지의 항암 치료 마지막 사이클이 끝나고 3주 후, 항암 치료가 끝난 것을 자축하는 의미에서 식구들끼리 꽤 좋은 일식집에 모여 작은 파티를 했다. 거의 8개월 만에 아버지는 생선회를 드셨다. 많이 드시지 못했지만 다시 생선회를 드시게 됐다는 사실 때문인지 나는 뭉클했다. 아버지도 그러셨을 것이다. 술도 한 모금 곁들였고 꽤 행복하다는 생각을 하며 우리는 집으로 돌아왔다. 아버지의 마지막 생선회였다.

암은 금세 재발했다. 다시 끝없는 항암이 시작됐다. 암이란 것은 정말 지겹도록 생명력이 강해 항암을 하면 사라졌다가 다시 다른 쪽으로 나타났고, 또 숨어 있다가 나타나기를 반복했다. 아버지는 최선을 다해서 병과 싸웠고 약속대로 날음식과 땅에서 바로 나온 과일은 드시지 않았다. 우리의 기준이 얼마나 적절한지는 알 수 없었지만, 가족들은 그런 아버지의 모습을 지지하고 함께했다.

어버이날이 되었다. 아버지가 좋아하던 중국음식점을 예약했지만 아버지는 집 밖으로 나가실 수 있는 상황이 아니었다. 우리는 모든 음식을 포장해 집으로 가져왔다. 마지막 어버이날, 아버지는 좋아하던 중국음식을 드시면서 가족들과 함께 보내셨다. 물론 많이 들지는 못하셨다. 얼마 후 아버지는 세상을 떠나셨다.

지금도 우리는 겨울 딸기를 보면 이야기한다. 누나는 5개월밖에 더 못 사실 아버지께 딸기도 드시지 못하게 한 것이 후회된다고 했고, 엄마는 손녀에게 부엌 바닥에서 궁상스레 딸기를 먹게 한 것이 미안하다고 했다. 아버지가 그 딸기를 사랑하는 손녀와 나란히 앉아 맛있게 나눠 먹었다면 어쩌면 힘이 나서 조금 더 오래 사시지 않았을까?

어쩌면 누나의 말이, 엄마의 말이 맞을지도 모

르겠다. 하지만 나는 아버지가 본인도 두렵고 슬펐음에도, 마지막 날까지 의사가 말한 주의사항을 최선을 다해 지키려 하셨다는 사실이 감사하다. 이 말을 누나에게 문자로 보내려 한참을 썼다가 지워버렸다. "아버지는 최선을 다해서 병과 싸우신 꽤 훌륭한 환자야." 뜬금없는 답장을 보냈다. 눈물이 났다.

겨울 딸기는 슬프고, 여전히 나는 아버지가 참 보고 싶다.

좋지 않다, 정말

기호품

나는 담배를 피우지 않는다. 왜 사람들이 담배를 피우는지 이해할 수 없다.

"담배는 기호품이야."

고등학교 때 누군가가 담배를 손가락에 끼우고 연기를 뿜으며 했던 말 때문에 기호품이 무엇인지 사전에서 찾아본 적이 있다. 기호를 만족시키는 식품? 진정 그들은 담배를 뜯어먹고 사는 종족들인지. 정말 담배를 식품이라고 생각하는 것인지. 사전을 편찬한 사람에게 물어보고 싶었다.

전공의 3년 차. 나는 폐식도 담당 주치의였다. 당시 내가 근무하던 병원에서는 수술 후 폐렴의 위험성을 낮추기 위해 수술 전 적어도 2주간은 금연을 원칙으로 했다. 물론 몰래 담배를 피우거나 끊지 못해 힘들어하는 분들도 있었지만 대부분의 환자는 비교적 정확하게 원칙을 지켰다.

어느 날 1인실에 환자가 입원을 했다. 식도암 환자였고, 폐 기능은 몹시 좋지 않은 상태였다. 환자는 평생 담배를 피웠다. 하루에 한 갑도 피우고 두 갑도 피우고 많이 태우는 날은 네 갑까지 피운다며 태연히 그는 웃었다. (하루에 네 갑을 피운다면 10분에 한 대는 피워야 한다.)

분명 2주 전 금연 교육을 했지만 환자는 담배를 전혀 끊지 않은 채 입원했다. 그의 들숨과 날숨에서는 지독한 담배 냄새가 났고 손톱 끝에는 노랗게 니코틴이 끼어 있었다. 그의 1인실 테이블 위에는 당당하고 소중하게 담배와 라이터가 놓여 있었다. 담배와 라이터를 집어 보호자에게 건넸다. 담배를 계속 피웠다면 폐렴 위험성 때문에 수술을 연기해야 한다고 말씀드렸다.

"기호품인데 어때. 내가 좋아서 피우는 것인데."

그날 환자에게 내가 들은 이야기였다. 그놈의 기호품. 환자의 입에서 아주 빠른 속도로 욕설이 섞인 말들이 이어졌다. 나는 수술 스케줄을 조정했다. 다만 퇴원은 흡연 관리를 위해 며칠 뒤에 하기로 결정했다.

환자는 대한민국에서 기호품을 가지고 의사가 월권 행위를 한다며 민원을 제기했다. 내가 담배 하나 못 끊을 것 같느냐며 "어린 놈이."로 시작해서 "개새끼."로 끝나는 말을 그는 내게 했다.

며칠이 지났을까. 당직을 서고 있는데 병동 간호사에게 전화가 왔다. 그 환자가 1인실 방문을 잠그고 열어주지 않는다는 것이었다. 혹시나 나쁜 일이 생겼나? 급하게 환자의 방으로 가보았다. 문은 잠겨 있었고 복도 가득 담배 냄새가 났다. 문을 한참 두들겼다. 그가 나왔다.

"무슨 일이오? 전공의 양반."

잠이 깊이 들었었다는 환자의 방은 창문이 모두 열린 채 뿌연 담배 연기로 가득 차 있었다. 왜 담배를 피웠냐고 물었다. 생각해보면 가장 멍청한 질문이었다. 환자는 담배를 피우지 않았다고 했다. 창문을 통해 바깥의 담배 연기가 병실로 들어온 것이라고 했다.

"여기 7층 병동인데요?"

환자는 더 이상 대답하지 않았다. 환자의 손끝에도 입에도 머리카락에도 담배 냄새가 지독하게 묻어 흘렀다. 대체 담배는 어디서 구했는지가 궁금했다. 그는 지나가는데 모르는 환자가 한 개비 준 것이라고 했다. 라이터는 엘리베이터에서 주운 것이고. 우연히 얻은 담배를 우연히 주운 라이터로 딱 한 대

피웠다. 방 안에 가득 찬 담배 연기는 7층 창문을 통해 밖에서 들어온 것이다. 그가 말한 흡연 사건의 재구성이었다.

"겨우 담배 하나 가지고 이 밤에 난리를 피우시나? 참 별난 의사네."

그가 창밖으로 라이터를 던져버렸다고 해서 창문을 바라보다 모든 창문이 빠짐없이 열려 있는 것을 발견했다. 환기를 시키기 위해서겠지만 모든 창문을 하나하나 열어놓은 것은 수상했다. 난간 위로 올라가 창틀을 살펴보았다. 열린 창틀 구석구석 곳곳에 기차처럼 일렬로 담배가 하얗게 박혀 있었다. 어림잡아 두 갑은 넘을 것 같았다. 환자는 화장실에서 담배를 피우다 생활지도 선생님께 걸린 고등학생 같은 표정을 지었다.

엘리베이터에서 라이터 주울 때 담배 몇 갑을 같이 주웠고 라이터와 함께 던져 버리려다가 아까워서 그냥 늘어놓은 것이라던 그의 새로운 변명은 병실 커튼을 흔들자 숨겨져 있던 라이터들이 투두둑 떨어지면서 중단되었다.

나는 아무 말도 하지 않았다. 보호자에게 전화를 드렸다. 그리고 퇴원 처리를 했다. 환자는 1인실에서 한 시간도 넘게 소리를 질렀다. 죽어도 좋다는 말이었다. 내 몸이고 내가 좋아서 피운다는데 네가 왜 참견이냐는 게 욕설의 주 내용이었다.

"담배를 피우면 환자분의 수술 후 예후가 달라져요. 저를 싫어해도 좋아요. 그래도 담배를 2주는 끊으셔야 해요."

환자의 가족들이 도착했고 환자는 그날 밤 퇴원했다. 내가 너무했나 하는 자책의 마음도 순간 들었지만 할 수 없었다. 2주가 넘게 지난 후 그는 다시 입원했다. 그의 몸에서는 더 이상 담배 냄새가 나지 않았고 조금 풀이 죽은 모습이었다. 다행히 그는 수술을 받은 후 빠르게 회복해서 퇴원할 수 있었다. 입원 내내 그는 나를 아주 독한 의사라고 불렀다.

며칠 전 병동에서 그때와 같은 전화가 걸려왔다. 병동 화장실에서 환자가 담배를 피우고 있다는 전화였다. 심장과 복부 대동맥 수술을 동시에 받은 환자였다. 나는 이렇게 담배 피우면 돌아가실 수도 있다고 언성을 높였다. 화가 잔뜩 나 있던 환자는 예전의 그 환자와 약속이나 한 듯 본인은 죽어도 좋다며, 죽어도 좋은데 왜 담배를 못 피우게 참견하느냐고 내게 물었다. 정말 죽어도 좋은 것일까? 기껏 기호품 때문에? 조금 진정된 환자는 힘든 표정을 보이다 눈물을 글썽거렸다.

"나도 아는데, 담배 끊는 게 그게 잘 안 되네요."

한숨이 나왔다. 오늘 외래에서는 갈비뼈가 일곱 개 부러져 너무 아파 죽을 것 같다는 환자가 마음이 답답해서 담배를 피웠다는 말을 들었다. 이래도 담배가 기호품일까?

좋지 않다, 정말.

봄꽃처럼 환하게

곡주

"내가 나이가 곧 아흔인데. 숨이 차서 그러니 수술 좀 해주쇼."

환자가 나를 처음 보고 숨을 헐떡거리며 한 말이었다. 허리는 굽었지만 키가 껑충 큰 환자는 외래 진료실로 딸과 함께 들어왔다. 숨을 몹시 헐떡이며. 수술에 대하여 내가 고민할 경황도 없이, 그는 단도직입적이었다.

"그동안 의사들이 수술하라고 해도 나이가 많아서 하지 않으려고 했는데, 이제 숨이 차서 안 돼. 빨리 수술을 해야지, 원. 이거."

병을 설명하거나 수술의 위험성을 더 말할 틈도 없었다. 환자는 10년 넘게 들어 잘 알고 있다고 했다. 고위험군이라는 말을 해도 환자 귀에는 들리지 않는 듯했다. 지금, 숨이 차서 못 살 지경이니 심장 수술을 빨리 해달라고 애원했다.

문제는 나이였다. 병원 나이 87세, 환자 말을 들으니 실제 나이는 훨씬 많았다. 옛날에 전쟁 통이었는지 일제강점기였는지 모르겠지만 신고를 잘못했다고 했다. 수술 위험성을 계산해보았다. 높아도 너무 높았다. 나의 머뭇거림이 보였을까.

"뭘 고민해, 수술 안 하면 어차피 한두 달도 못 살 것 아냐."

며칠 후 수술을 했다. 거의 90년을 쓰고 망가질 대로 망가진 심장 안의 판막을 고쳐 넣었다. 환자는 걱정보다 몇 배는 빠르게 회복했다. 그리고 자신보다 수십 년 젊은 환자들처럼 일반 병동에 올라가 걷고 움직였다. 다만 환자는 입맛이 없다고 했다. 원래 병원 밥은 맛이 없냐며, 희한하게 밥을 먹어도 물을 마셔도 입이 쓰다고 쉰 목소리로 말씀하셨다.

어느 날 밤, 멀쩡히 걸어 다니던 그는 배 속에 있던 음식물을 모두 게워냈다. 산소포화도가 유지되지 않았고 덩달아 혈압도 급하게 떨어졌다. 급하게 인공호흡기를 삽입했다. 폐렴이 왔다. 농담을 주고받으며 퇴원을 생각하던 환자가 금세 천장만 봐야 하는 중환자가 되어버렸다.

"이대로면 한두 달 버티기도 힘들 것 같은데요."

수술하기 전 따님에게 내가 한 말이었다. 환자가 나빠져버리니 이 말은 변명이 되었다. 중환자실로 내려온 환자는 한두 달이 문제가 아니었다. 하루

이틀도 힘들어 보였다. 자책과 고민의 시간이 시작되었고, 환자와 보호자에게 고난의 길이 열렸다.

그래도 끝은 있었다. 하루하루가 흐르고 한 달이 지나 환자의 인공호흡기를 제거했다. 또 한 달이 지나고는 다시 병동을 걸어 다닐 수 있게 되었다. 좀 더 시간이 지나자 처음 외래에 오셨을 때처럼 씩씩하게 걸어서 퇴원할 수 있었다.

1년이 지났다. 그는 다시 쩌렁쩌렁한 목소리의 옛날 모습으로 돌아와 외래 진료실로 들어왔다. 그동안 얼굴의 살이 빠졌는지 틀니가 맞지 않아 말할 때마다 덜컥덜컥 부딪히는 소리가 나는 것 이외에는 완벽해 보였다. 숨이 차는지 여쭤보았다.

"수술하고 1년 넘으니까 이제는 숨이 하나도 안 차. 수술 전보다 훨씬 좋아."

정말 감사했다. 포기하지 않은 어르신의 노력이. 인사를 하고 외래 진료실 문을 나서다가 그가 다시 들어왔다. 따님이 그런 질문 마시라고 환자의 손을 잡아 끌어도 기필코 할 말이 있다며 자리에 다시 앉았다. 그리고 잠시 머뭇거리다 물었다.

"곡주 먹어도 되는감? 술 말이야. 친구들 만나면 술 한두 잔 해야 쓰는데…."

나는 잠깐 고민하다가, 아주 조금씩은 드셔도 좋다고 말했다. 환자는 조금씩이 도무지 어느 정도인지 모르겠다며 묻다가 스스로 결론을 냈다.

"조금이면, 막걸리 두 잔은 괜찮다는 말이지?"

우물쭈물하는 내게 그는 덧붙였다.

"걱정하지 마. 많이 먹으려고 해도 같이 마실 친구가 없어. 다 죽었어."

환자가 스스로 허용 주량을 정해 나는 당황했고, 친구분들이 다 돌아가셔서 술 한잔 같이 할 사람이 없다는 농담에는 웃을 수 없었다. 따님은 나와 환자를 번갈아 흘겨보며 술 드시면 안 된다고 말해달라고 했지만, 그는 슬며시 웃고 있었다. 그 얼굴이 90년 만에 피어난 봄꽃 같았다.

* * *

그 후 1년이 지날 때까지 환자는 병원에 오지 않았다. 이따금 그가 생각나면 가슴이 덜컹했다. 그러다 어느 날 아무 일 없었다는 듯 진료실을 찾아와 한참을 큰 소리로 이야기하다 집으로 가셨다. 집이 멀고 증상도 없어 병원에 오지 않았다고, 술도 조금씩 잘 드신다고 했다. 그렇게 6개월 정도 열심히 병원을 다니던 환자는 다시 소식이 없었다.

또 1년이 지났을까. 어느 날, 낯익은 환자의 따님이 진료실 문밖에서 기웃거리는 것을 보았다. 코로나19가 세상에 돌았고, 겨울이 길었고, 그래도 아버지는 잘 지내시다가 갑자기 많이 힘들어하셨고, 결국 며칠 전에 돌아가셨다고 했다.

눈물이 맺혔다. 따님은 울었다. 그러면서 내게 "아버지가 선생님을 참 좋아했어요."라는 말을 해주었다. 멍하니 있다가, 나도 어르신을 정말 좋아했다고 말씀드렸다. 나도 이제 환자의 멈춰진 기억 속에 저장되어 있겠구나. 환자가 그곳에서도 영원히 행복하면 좋겠다. 친구들과 봄꽃처럼 환하게 피어나시길 빈다. 진심으로.

퇴원할 때가 되었다는 신호

즉석밥

병원을 옮겼다. 처음에는 모든 것이 어렵다. 병원 전산 아이디를 잊어버려 접속을 못하기도 하고, 병원 안에서 길을 잃고 헤매다가 수술실에 늦게 들어가기도 했다. 익숙하지 않아도 수술은 시작됐다. 몇 차례 수술 후 여든이 넘은 할머니의 수술을 의뢰받았다. 대동맥이 커진 환자였다. 어려운 수술은 아니었다. 수술 전 동의서를 받기 위해 환자와 보호자를 외래에서 만나기로 했다. 할머니는 남편의 손을 꼭 잡고 함께 오셨다. 두 분이 유난히 사이가 좋아 보였다.

"나이가 드니까 병만 많아지네. 난 80세고, 우리 남편은 두 살 더 많아요. 앞으로도 같이 살 수 있게만 해주세요."

수술 설명이 끝났을 때도 할머니는 할아버지의 손을 꼭 잡고 말씀하셨다. 다음 날 수술은 쉽게 끝났다. 모든 것이 순조로웠다. 할아버지는 할머니 옆을 항상 지켰다.

며칠 후 퇴근을 앞둔 시간, 할머니의 말이 이상해졌다. 걷는 것도 이상 없고, 생각한 것을 글로도 쓰는데, 입 밖으로 말이 튀어나오지 않았다. 이름을 여쭤보았다. 천천히 대답했다. 할아버지의 이름을 여쭤보았다. 할머니는 다른 이름을 중얼거렸다. "이상해, 이상해. 말이, 말이 안 나와." 분명 뇌경색이 시작되는 것 같았다. MRI를 찍었다. 뇌경색이 확인되었다.

다행히 범위는 넓어 보이지 않았다. 혈압을 높이고 몇 가지 약물을 추가하며 지켜보면 충분히 좋아질 것 같았다. 중환자실 문 앞에 서서 얼어붙은 할아버지께 곧 좋아질 것이라고 설명했지만 사실 내 마음도 불안했다. 할머니는 말을 해보려 부단히 노력했다. 잘 되지 않았다. 할아버지 이름도 본인의 이름도 몇 번이나 말을 하려다 입 밖으로 꺼내지 못했다. 그런데 두 분의 나이 차이를 물으면 신기하게도 손가락 두 개를 들어 보였다. 말이 안 나와서 답답하다고 가슴만 두들기셨다. 힘들지 않게 해달라는 할아버지의 부탁은 이미 못 들어드리게 된 것 같았다.

다음 날 새벽, 할머니의 말문이 트였다. 갑자기 어느 순간 아무 일도 없었던 것처럼. 할아버지의 이름도, 본인의 이름도, 내 이름도 선명하게 이야기했다. "할머니! 할아버지랑 몇 살 차이 나세요?"라고 물으면 "우리는 두 살 차이가 나."라고 또렷하게 대답했다.

"어젯밤은 참 희한했어."

새벽녘 할머니의 말이었다. 생각하고 말을 하는데도 다른 이름이 튀어나오고, 목에서 말이 삼켜지는 것 같았다고 했다. 많이 호전되었다고 할아버지께 전화를 드린 후 나는 좀 씻으려고 중환자실을 나섰다. 어느새 중환자실 밖 복도에 할아버지가 서 계셨다. 얼른 면회를 시켜드렸다. 비록 마스크로 가려졌지만 서로의 얼굴을 보면서 두 분은 이야기를 했다. 그러고는 이제 됐다고 하며 할아버지는 집으로 돌아갔다.

할머니의 기력은 수술 전 같지 않았다. 밥 한술을 삼키기가 모래알 삼키는 것보다 더 힘들다고 했다. 할아버지는 할머니의 환자식을 나눠 드셨다. 같이 미음을 먹고 같이 죽을 드셨다. 부족하지 않냐고 여쭤보면 평소에도 밥 한 공기를 반씩 나눠 먹는다고 웃으며 이야기했다.

며칠이 지났다. 회진을 돌다가 할아버지를 만났다. 할아버지는 병동 구석 휴게실에서 전자레인지에 즉석밥을 데우고 있었다. 할머니 입맛이 돌아와 밥이 부족하다고 했다. 이제 퇴원하실 때가 됐구나.

할머니께도 왜 할아버지와 밥을 나눠 드시지 않느냐고 여쭤보았다.

"나도 먹고 살아야 하지 않겠소?"

할머니가 활짝 웃으셨다. 덕분에 나도 잠깐 웃을 수 있었다.

수술이 끝나고 환자들이 중환자실에서 일반 병동으로 오면 대개 보호자들은 환자식을 나눠 먹는다. 플라스틱 식판에 담긴 밥과 반찬이 둘이 나눠 먹기에 충분할 만큼 양이 많지는 않다. 그런데도 환자와 보호자는 그 밥을 나눠 먹는다. 환자가 입맛을 잃으면 보호자의 입맛도 사라진다. 먹을 힘도 함께 사라진다.

시간이 지나고 회복할 때가 되면, 전자레인지가 바빠진다. 환자식을 나눠 먹는 것으로는 보호자의 병원 생활을 유지할 수 없다. 보호자는 편의점에서 즉석밥을 사 온다. 다른 음식들도 눈에 보이기 시작한다. 친지들이 가져다준 다른 반찬거리도 그때서야 병실마다 있는 작은 냉장고에서 나오기 시작한다. 과일도 각종 간이식도 편의점에서 올라온다. 전자레인지 속에 음식을 넣고 '땡' 소리를 기다린다. 환자와 보호자가 각자의 밥을 먹기 시작하는 것, 반복되는 전자레인지의 '땡' 소리는 수술 환자의 퇴원할 시간이 가까워졌음을 알리는 신호다.

물론 퇴원을 한다고 편한 것은 아니다. 예전의 집이, 예전의 산책길이 낯설게 다가온다. 오랜만에 집에서 차려 먹는 밥은 영 어색하다. 처음인 것처럼 걷고 움직이고 먹으며 살아가야 한다. 당분간 모든 것이 어려울 수 있다.

아침, 환자가 퇴원한다는 연락을 받았다. 환자의 차트를 보고 병실로 가보았다. 병동 간호사가 환자가 아침부터 무척 서둘렀다고 전했다. 환자는 이미 사복으로 갈아입고 가방도 다 싸놓은 상태였다. 답답하니 빨리 집에 가겠다는 것이다. 그 몸짓에 설렘이 느껴졌다. 나는 치료를 잘 받아주셔서 감사하다고 말씀드리며 기분 좋게 배웅을 했다. 할머니는 두 살 많은 할아버지의 손을 꼭 잡고, 가벼운 발걸음으로 퇴원하셨다. 이제 집으로 돌아가 두 분이 함께 낯설지만 익숙한 식사를 하시면 된다. 그러면 된다.

에필로그

돌아오는 길은 항상 가는 길보다 길지 않아

•　'혹시몰라'의 앨범 제목.

수술 중, 음악을 듣기도 한다. 차가운 적막보다 음악이 때로는 10시간도 넘는 수술의 집중을 도와준다. 언젠가 이런 가사를 들었다.

돌아오는 길은 항상 가는 길보다 길지 않아

집을 떠나 어딘가 가보았다면, 집으로 돌아오는 여정이 떠날 때의 여정보다 짧게 느껴지는 현상을 경험했을 것이다. 친구와 여행을 가도, 멀리 출장을 가도, 집 앞 산책을 해도, 돌아오는 시간은 언제나 짧다. 이미 길을 알고 있다는 익숙함과 집으로 향한다는 안도감 때문일지도 모른다. 분명한 것은 집으로 돌아오는 여정이, 예외 없이 어딘가로 향하는 여정보다 항상 짧게 느껴진다는 사실이다.

집으로 돌아가는 일이 더 힘들고 더 오랜 시간이 소요되는 사람들도 있다. 이들은 긴 시간을 밖에서 보낸 다음에야 집으로 돌아갈 수 있다. 바로 환자들 이야기다. 병원에 들어오는 일은 빠르고 즉각적이다. 때로는 우연히, 때로는 큰 걱정을 앞세우고,

응급실 또는 진료실을 통해 입원한다.

그러나 집으로 돌아가는 일은 기약이 없다. 시간은 더디게 흐르고, 매일매일 아무것도 달라지지 않는 것 같다. 돌아갈 길은 멀기만 하다. 어떤 이들은 영원히 집으로 돌아가지 못한다.

집을 떠나 있는 삶의 많은 부분을 의료진이 책임지게 된다. 입는 것, 자는 것, 움직이는 것, 모든 것이 병원에서는 의료진의 책임이다. 매일 무엇을 먹을지도 고민한다. 금식, 수액, 미음, 죽, 밥, 당뇨식, 칼로리 통제 등…. 영양사에게 의뢰하기도 하고 논문을 찾아보기도 한다. 환자의 몸무게를 살피고 전날의 소변량도 꼼꼼히 확인한다. 정답이 없더라도 근사치에 가까이 가려고 노력한다.

식사를 마친 환자의 식판 역시 유심히 보게 된다. 항상 음식이 남아 있다. 환자식을 맛있게 먹는 환자는 드물다. 환자식은 짜고, 싱겁고, 식감이 나쁘고, 구역질이 난다. 일부 환자는 과일도 함부로 먹어서는 안 된다. 무심코 사탕을 먹었다가는 인슐린 주사가 시작될 수도 있다. 라면, 커피, 초콜릿? 병실에서 먹었다가는 정신 나간 환자 취급을 당한다. 음료수를 먹고 싶다면, 한 방울까지 그 양을 종이에 적어야 할 수도 있다. 물론, 모든 위험성과 상관없이 몰래 담배를 피우는 환자도 있다.

이런 모든 것이 환자들에게는 집으로 돌아가는 여정 중 하나일 것이다.

물론 나와 같은 '병원 서식자'에게도 집으로 돌아가는 길은 멀기만 하다. 아침에 출근을 하지만, 매일 집으로 돌아갈 수 있다는 퇴근의 기약은 없다. 환자의 상태가 나빠진다면 며칠이고 병원에 주저앉게 된다.

환자와 병원 서식자의 '집으로 돌아가는 길'에 대한 기록을 남기고 싶었다. 일상의 음식이 그 기록의 실마리일지도 모른다. 그렇다면 어떤 글을 써야 하나 고민했다. 조심스러웠다. 계속해서 글을 쓰고 지우기를 반복했다. 기록을 공유할 수 있는 부분만 남기고 환자들에게 동의를 구했다. 다시 만날 수 없는 분들의 기록은, 그들에게 누가 되지 않도록 지우고 또 지우고, 고치고 또 고쳤다.

모든 환자들의 집으로 돌아가는 여정이, 그리 길지 않기를 진심으로 염원한다.

012

병원의 밥

미음의 마음

1판 1쇄 펴냄 2021년 9월 15일
1판 2쇄 펴냄 2023년 6월 30일

지은이 정의석

편집 김지향 황유라 정예슬
교정교열 안강휘
디자인 박연미
일러스트 곽명주
미술 이미화 김낙훈 한나은 김혜수
마케팅 정대용 허진호 김채훈 홍수현 이지원 이지혜 이호정
홍보 이시윤 윤영우
저작권 남유선 김다정 송지영
제작 임지헌 김한수 임수아 권순택
관리 박경희 김도희 김지현

펴낸이 박상준
펴낸곳 세미콜론
출판등록 1997. 3. 24. (제16-1444호)
06027 서울특별시 강남구 도산대로1길 62
대표전화 515-2000
팩시밀리 515-2007
편집부 517-4263
팩시밀리 515-2329

ISBN
979-11-91187-44-1 03810

세미콜론은 민음사 출판그룹의
만화·예술·라이프스타일 브랜드입니다.
www.semicolon.co.kr

트위터 semicolon_books
인스타그램 semicolon.books
페이스북 SemicolonBooks
유튜브 세미콜론TV

(근간)		
	정연주	바게트
	정이현	table for two
	서효인	직장인의 점심시간
	노석미	복숭아
	안서영 이영하	돈가스
	임진아	팥
	쩡찌	과일
	김연덕	생강